日记背后的历史

法老的探险家

小特使米内迈斯的日记 | 公元前1472年 |

Viviane Koenig

〔法〕维维亚娜·柯尼希 著

张茜茹 译

人民文学出版社
PEOPLE'S LITERATURE PUBLISHING HOUSE

著作权合同登记号　图字 01-2019-0627

Minémès, explorateur pour Pharaon

图书在版编目（ＣＩＰ）数据

法老的探险家：小特使米内迈斯的日记 /（法）维
维亚娜·柯尼希著；张茜茹译. -- 北京：人民文学出
版社, 2023

（日记背后的历史）

ISBN 978-7-02-018141-4

Ⅰ.①法… Ⅱ.①维…②张… Ⅲ.①儿童小说－长
篇小说－法国－现代 Ⅳ.①I565.84

中国国家版本馆 CIP 数据核字 (2023) 第 134630 号

责任编辑　李　娜　王雪纯
装帧设计　李苗苗

出版发行　人民文学出版社
社　　址　北京市朝内大街 166 号
邮　　编　100705

印　　刷　凸版艺彩（东莞）印刷有限公司
经　　销　全国新华书店等

字　　数　90 千字
开　　本　890 毫米 ×1240 毫米　1/32
印　　张　6.25
版　　次　2023 年 5 月北京第 1 版
印　　次　2023 年 5 月第 1 次印刷

书　　号　978-7-02-018141-4
定　　价　39.00 元

如有印装质量问题，请与本社图书销售中心调换。电话：010-65233595

序

老少咸宜，多多益善

——读《日记背后的历史》丛书有感

钱理群

这是一套"童书"；但在我的感觉里，这又不止是童书，因为我这七十多岁的老爷爷就读得津津有味，不亦乐乎。这两天我在读"丛书"中的两本《王室的逃亡》和《法老的探险家》时，就有一种既熟悉又陌生的奇异感觉。作品所写的法国大革命，是我在中学、大学读书时就知道的，埃及的法老也是早有耳闻；但这一次阅读却由抽象空洞的"知识"变成了似乎是亲历的具体"感受"：我仿佛和法国的外省女孩露易丝一起挤在巴黎小酒店里，听那些平日谁也不注意的老爹、小伙、姑娘慷慨激昂地议论国事，"眼里闪着奇怪的光芒"，举杯高喊："现在的国王不能再随心所欲地把人关进大牢里去了，这个时代结束了！"齐声狂歌："啊，一切都会好的，会好的，会好的……"我的心都要跳出来了！我又突然置身于3500年前的神奇的"彭特之地"，和出身平民的法老的伴侣、十岁男孩米内迈斯一块儿，突然遭遇珍禽怪兽，紧张得屏住了呼吸……这样的似真似假的生命体验实在太棒了！本来，自由穿越时间隧道，和远古、异域的人神交，这是人的天然本性，是不受年龄限制的；这套童书充分满足了人性的这一精神欲求，就做到了老少咸宜。在我看来，这就是其魅力所在。

而且它还提供了一种阅读方式：建议家长——爷爷、奶奶、爸爸、妈妈们，自己先读书，读出意思、味道，再和孩子一起阅读，交流。这样的两代人、三代人的"共读"，不仅是引导孩子读书的最佳途径，而且还营造了全家人围绕书进行心灵对话的最好环境和氛围。这样的共读，长期坚持下来，成为习惯，变成家庭生活方式，就自然形成了"精神家园"。这对孩子的健全成长，以至家长自身的精神健康，家庭的和睦，都是至关重要的。——这或许是出版这一套及其他类似的童书的更深层次的意义所在。

我也就由此想到了与童书的写作、翻译和出版相关的一些问题。

所谓"童书"，顾名思义，就是给儿童阅读的书。这里，就有两个问题：一是如何认识"儿童"，二是我们需要怎样的"童书"。

首先要自问：我们真的懂得儿童了吗？这是近一百年前"五四"那一代人鲁迅、周作人他们就提出过的问题。他们批评成年人不是把孩子看成是"缩小的成人"（鲁迅：《我们现在怎样做父亲》），就是视之为"小猫、小狗"，不承认"儿童在生理上心理上，虽然和大人有点不同，但他仍是完全的个人，有他自己的内外两面的生活。儿童期的十几年的生活，一面固然是成人生活的预备，但一面也自有独立的意义和价值"（周作人：《儿童的文学》）。

正因为不认识、不承认儿童作为"完全的个人"的生理、心理上的"独立性"，我们在儿童教育，包括童书的编写上，就经常犯两个错误：一是把成年人的思想、阅读习惯强加于儿童，完全不顾他们的精神需求与接受能力，进行成年人的说教；二是无视儿童精神需求的丰富性与向上性，低估儿童的智力水平，一味"装小"，卖弄"幼稚"。这样的或拔高，或矮化，都会倒了孩子阅读的胃口，这就是许多孩子不爱上学，不喜欢读所谓"童书"的重要原因：在孩子们看来，这都是"大人们的童书"，与他们无关，是自己不需要、无兴趣的。

那么，我们是不是又可以"一切以儿童的兴趣"为转移呢？这里，也有两个问题。一是把儿童的兴趣看得过分狭窄，在一些老师和童书的作者、出版者眼里，儿童就是喜欢童话，魔幻小说，把童书限制在几种文类、有数题材上，结果是作茧自缚。其二，我们不能把对儿童独立性的尊重简单地变成"儿童中心主义"，而忽视了成年人的"引导"作用，放弃"教育"的责任——当然，这样的教育和引导，又必须从儿童自身的特点出发，尊重与发挥儿童的自主性。就以这一套讲述历史文化的丛书《日记背后的历史》而言，尽管如前所说，它从根本上是符合人性本身的精神需求的，但这样的需求，在儿童那里，却未必是自发的兴趣，而必须有引导。历史教育应该是孩子们的素质教育不可缺失的部分，我们需要这样的让孩子走近历史、开阔视野的人文历史知识方面的读物。而这套书编写的最大特点，是通过一个个少年的日记让小读者亲历一个历史事件发生的前后，引导小读者进入历史名人的生活——如《王室的逃亡》里的法国大革命和路易十六国王、王后；《法老的探险家》里的彭特之地的探险和国王图特摩斯，连小主人翁米内迈斯也是实有的历史人物。每本书讲述的都是"日记背后的历史"，日记和故事是虚构的，但故事发生的历史背景和史实细节却是真实的，这样的文学与历史的结合，故事真实感与历史真实性的结合，是极有创造性的。它巧妙地将引导孩子进入历史的教育目的与孩子的兴趣、可接受性结合起来，儿童读者自会通过这样的讲述世界历史的文学故事，从小就获得一种历史感和世界视野，这就为孩子一生的成长奠定了一个坚实、阔大的基础，在全球化的时代，这是一个人的不可或缺的精神素质，其意义与影响是深远的。我们如果因为这样的教育似乎与应试无关，而加以忽略，那将是短见的。

这又涉及一个问题：我们需要怎样的童书？前不久读到儿童文学评论家刘绪源先生的一篇文章，他提出要将"商业童书"与"儿童文学中的顶尖艺术品"作一个区分（《中国童书真的"大胜"了吗?》，载 2013 年 12 月 13 日《文汇读书周报》），这是有道理的。或许还有一种"应试童书"。这里不准备对这三类童书作价值评价，但可以肯定的是，在中国当下社会与教育体制下，它们都有存在的必要，也就是说，如同整个社会文化应该是多元的，童书同样应该是多元的，以满足儿童与社会的多样需求。但我想要强调的是，鉴于许多人都把应试童书和商业童书看作是童书的全部，今天提出艺术品童书的意义，为其呼吁与鼓吹，是必要与及时的。这背后是有一个理念的：一切要着眼于孩子一生的长远、全面、健康的发展。

因此，我要说，《日记背后的历史》这样的历史文化丛书，多多益善！

2013 年 2 月 15—16 日

底比斯，图特摩斯统治第八年

泛洪季1月30日

　　我一个人在王宫的花园里待了多久了？不知道。天真的很热，我也真的很累。可我迈不动腿，舍不得走。主要是因为图特摩斯对我实在太好了，他送了我整整一卷莎草纸！好大一卷，又长，又新。

　　我使劲回忆，可打我出生以来，从没收到过这么棒的礼物。有时，我从舅舅那儿能得到一点蜂蜜蛋糕（我最喜欢了）、一个麻布球（最后被他的猫抓破了）、一块崭新的缠腰布，或者文具之类的，除此以外就没别的了。舅舅很严厉，他照顾我这个可怜的孤儿好几年了。我觉得他其实很爱我，只是嘴上从来不说，反而常常吼我：

　　"米内迈斯，别在那儿一动不动地盯着苍蝇飞了！干点有用的事，我看抄一页字倒是不错。"

　　不过他可没送我莎草纸！这么一大卷都给我了，太棒了。这下我不管什么时候，想写什么就写什么，不像用学校的写字板写字，还得边写边擦。说干就干，为了开个好头，现在我写下一句真心话：图特摩斯是我最好的朋友。

泛洪季2月1日

图特摩斯送我莎草纸的时候，一定预感到今后会发生了不得的大事，好让我记在我的莎草纸卷上。昨天晚上，女王哈特谢普苏特做了个梦，有一队人马去神秘的彭特之地探险！她已经迫不及待要派出探险队伍了。众所周知，梦就是神的旨意，而我们必须服从神。女王坚信这次探险一定会成功。

彭特？今早起床的时候，我根本不知道这个词。现在夜幕降临，可我还是没进步多少。整个底比斯都在议论纷纷。宫殿里、神庙里、皇亲国戚的府邸里、各家各户、小酒馆里、小巷子里，甚至尼罗河岸边，人们窃窃私语，说要去彭特，必须先穿过沙漠，然后在翠海上漂流很久，很久很久，才能到达那里。人们还说，那里有数不清的乳香、没药和金子……总之，要多少有多少！

泛洪季2月2日

天热得要命，我一整天都在忙东忙西。从晨跑开始，一直到喋喋不休的夜课，我一刻都没消停过，真是累趴下了。可我怎么能睡觉呢？我还没在我可爱的莎草纸卷上写几笔呢……所以我这就写了。我的手在发抖，眼前模模糊糊的，发酸的手指勉强写下这几行字。我习惯写祭司体——漂亮的象形文字的简化体。通常，我写得都不错，可今晚实在不行了。看到自己在精美的莎草纸上写出这么难看的字，我实在是惭愧。我还是别写了，赶紧去睡觉。

泛洪季2月5日

　　我舅舅是卡纳克神庙的祭司，他告诉我，往彭特跑一个来回差不多要一年的时间！我真同情那些即将出发的水手，还有船上其他的人。

　　"我不懂，你怎么会对彭特一无所知，"他对我说这话时语气干巴巴的，"有那么多古文献，说的都是从前法老派往彭特的探险队如何长途跋涉，你难道从没读过吗？老天爷，你应该对彭特了若指掌才对啊！"

　　舅舅长叹了一口气，他并不指望我的辩解，所以我什么也没说。我面露惭愧之色，低下了头。他用右手摸摸秃掉的脑袋，这是他的习惯动作，他每次陷入沉思时，就会摸自己的脑袋，又加了一句："米内迈斯，只有两种可能，要么是你的老师对你管得太松了，要么就是你没好好听讲。"

他的眉头都皱起来了。

"赶紧把你落下的功课好好补上，小东西，"他看起来很生气，"否则你就只能去一个偏远的小村子当书吏，或者比这更糟，干脆去做陶匠、农民、放羊娃……我对你的期望可远不是这样啊。"

泛洪季2月7日

太阳刚刚露出地平线，我就醒了。我几乎一夜没睡，舅舅的话总在我脑海里打转，我不想让他失望。现在，我不能动，也不能出声，怕吵醒他，惹他生气。所以我就写日记了，顺便整理下思绪。

我整夜都在想，不知道彭特在哪儿并不是我的错。好吧，是我的错。舅舅是对的。我开始觉得自己错了，但也不是什么大错。上课时，我偶尔会开小差，特别是天很热的时候。其实，和我一样不知道的大有人在。

泛洪季2月8日

我在卡纳克神庙办的书吏学校读了三年书了。我每天都去上课，希望有朝一日能当一个好书吏，一个好祭司。我们的小法老图特摩斯也在那儿上学，他的目标是成为最博学的国王。我俩处得不错，谁让我们今年都满10岁呢。不仅如此，我俩都有一双大大的黑眼睛，还都剃了光头，这样不长虱子。我俩老待在一起，我真希望他就是我兄弟。

泛洪季2月9日

我不知道法老为什么喜欢我。也许是因为我们的父亲都在很早以前去世了吧？是悲伤拉近了我们的距离吗？很有可能。不过他还有母亲，她既不是王后也不是公主，而是地位卑微的次妃，这点让他怒不可遍。而我母亲，则在生我的时候难产死了。读书，写字，计算，拜神，格斗，射箭，驾车，陪国王玩耍，遵从他的命令……我怎么能不累，上课时怎么能不开小差。不过这一切都不能让舅舅知道。他一定会大发雷霆，罚我背诵整首"行当歌"（要知道这首诗特别长！），好让我明白"万般皆下品，唯有书更高"！他还会舞动大棍子来威胁我说："米内迈斯！俗话说得好，'男孩儿的耳朵长在背上，打他才会听话'。"

泛洪季2月10日

我与法老的友谊让我能跟随他在任何地方自由出入——包括王宫。卫兵都认识我，假如偶然那么一次，我一个人来王宫，他们也会放我进去。图特摩斯有三个形影不离的伙伴：他的影子、他的爱犬扎布，还有我。我们玩得特别好，尽可能黏在一起。

今天上完课，我们在王宫的花园里玩了好一阵。我们躲在树荫下，轮流把棍子扔出去让扎布去找。天那么热，忠犬扎布却一点儿也不在乎，照样大幅蹦高，四处寻找，高声欢叫，嗅来嗅去，最后总能找到扔出去的棍子。它时不时跑到水池边，大口、大口地灌一通水，然后再跑回我们这里。它喝得太急，肯定不小心生吞了几只小青蛙或小鱼。

"扎布太棒了，"图特摩斯高兴地说，"它身上有使不完的劲！米内迈斯，你觉得彭特的狗会比它更健壮吗？比它更威武吗？"

我回答说不知道，他似乎有些失望。为了弥补我的无知，我向他保证，以后一定做个特别博学的祭司，能回答他的任何问题。

图特摩斯没有生气，对我说："这里的一切都属于我，土地和水，大大小小的植物和动物，连人都是我的……所以说，我的朋友，应该由我来决定你以后的工作，你要服从我。"

其实，以后做什么对我都无所谓，我只在乎一件事，那就是我和法老的友谊。

　　自从女王哈特谢普苏特做了那场梦后，王宫上上下下就一直忙忙碌碌的。她拥有绝对的权利，因为不久以前，就在图特摩斯当上法老的时候，她也成了法老……不过她可不是图特摩斯的妻子。哦，幸好不是！谁会在 10 岁结婚啊！她是图特摩斯的姑姑，是前法老图特摩斯一世唯一的孩子，也是图特摩斯二世的妻子，还是从前辅佐图特摩斯三世的摄政王。图特摩斯三世就是我的好朋友，他 3 岁就登基了！3 岁的时候可没法统治国家……所以侄子和姑姑就一起统治埃及了！一个王国，两个国王。这种情况可不常见，还颇有些人对此不满呢。我嘛，就无所谓，我觉得他们两个人都特别好。

　　自从女王做了那场梦后，图特摩斯就一直和我念叨彭特，说那里的物产有多么丰富：金子、象牙、产乳香和没药的树、奇怪的动物、稀奇的花朵……他特别喜欢植物和动物，所以他太想去彭特了，简直想得要死。我可不想去，他大概忘了，穿越沙漠和海上漂流有多危险吧？还是说他真的比我勇敢？

最后，他骄傲地挺起胸膛，说："我要是去彭特，你得陪我一起去。这是命令。"

如果这是真的，我当然得服从。不过现在没这个可能，我们这个年纪的小孩是绝对不可能加入长途探险队伍的。幸好如此！

泛洪季2月19日

我亲爱的莎草纸卷，今晚我得早点上床，睡个好觉，第二天才会精力充沛。明天将是难熬的一天，一大早，哈特谢普苏特就要召见我和图特摩斯，约在王宫的码头等。没有任何说明，我的国王朋友向我保证，他也不知道女王为何召见我们。我没法相信他，他是不是有什么事瞒着我？也许他不想说出他的秘密？要是他故意在我面前神神秘秘，我会很伤心的。除非是有关国家大事，那我不知道也是应该的。他是法老，我又不是。

"米内迈斯，可别浪费时间！赶紧把莎草纸卷起来，收好你的写字板、草秆笔和水碗，乖乖睡吧。"我在心里对自己说。

说起来容易做起来难，笼罩着整个底比斯城的酷热让我睡意全无。只有一个办法：去屋顶上睡，只有那里凉快些。哇！一大群蚊子正在那儿等着我呢……我真傻，我更不应该写日记，这些讨厌的虫子无处不在，简直要把我给吃了。它们自由地穿梭于屋里屋外，简直无法无天。

泛洪季2月20日

亲爱的莎草纸卷，这可真是让人惊奇！我度过了多么不可思议的一天。一切得从王宫的码头说起。我是第一个到的，比约定的时间提前了很多。这也正常，我只不过是区区孤儿米内迈斯，我可绝不敢迟到。第二个到的是女王的宰相桑穆特。哈特谢普苏特和图特摩斯是最后到的，图特摩斯的爱犬与他寸步不离。

我们登上富丽堂皇、色彩艳丽的皇船。女王化了墨黑的眼妆，唇角浮着一丝神秘的微笑，坐在船檐下，眺望着远方。她多么美丽，多么年轻（刚刚21岁），可她一言不发！图特摩斯和桑穆特也什么话都不说。他们的沉默让我焦躁到了极点，可我怎么好开口呢。能陪同他们已经是我天大的荣幸了。我必须管好自己的嘴巴，可我一向是个急性子。真不容易啊！

要是舅舅在这儿，他一定会数落我："你最大的缺点之一就是没耐心！你已经不是小孩了，米内迈斯。别再像小飞虫似的，总绕着豺狗打转，要沉得住气，坐好别乱动，等着法老向你问话。"

一句话也没有，一点声音也没有。船长一声令下（下令时，他的声音压得很低，生怕惹女王不高兴），船夫拿起船桨……我们就这样出发了。我没想到，船向着西边开去。要去河对岸的墓葬区吗？我更想不到，原来到了泛洪季，尼罗河淹没了一切，农田、道路，甚至是莽莽的沙漠。村庄如同海上的座座岛屿……静悄悄的……鹰隼和秃鹫在我们头顶上空盘旋，天空万里无云。船桨有节奏地击打着水浪。划到河中央时，图特摩斯沉不住气了，想弄清我们究竟要去哪儿。他白费力气，哈特谢普苏特没理睬他。他继续发问……仍旧是徒劳。他板起了脸，和扎布玩去了。扎布最讨厌坐船了，它今天可够惨的，过尼罗河要好长时间呢。

过了一会儿

对不起，小莎草纸卷，我刚才不得不走开了一会儿。舅舅想检查我的功课，看我会不会算三角形的面积（对我来说太容易了）和梯形的面积（这个就难多了）。我回答得又快又好。我太喜欢几何了！今晚他对我很满意，居然宠爱地在我脸上弹了一下。

"来屋顶上和我一起看星星吧。"他一边摸着秃掉的脑袋，一边对我说。我保证马上就到。趁这空当赶紧回来，拿起我的草秆笔，接着记述这值得纪念的一天。

几辆马车在河西岸等候我们多时，马儿在原地迫不及待地踏着前蹄。卫兵站在大太阳底下静静地等待。我随国王上了一辆马车，一行车队向沙漠挺进。真带劲！我们在车里颠来颠去，晃东晃西，到处尘土飞扬。好棒啊！比学校的晨课有意思多了。桑穆特的车打头阵，女王的车紧随其后，我们在尾巴上。砂石路在荒凉的山区盘旋而上，变得越来越窄。我还以为前面就要没路，我们只能掉头了。才不是呢。我们一直走到峡谷的最深处，有几十个工匠在那儿汗流浃背地挖岩石。

"这里是什么地方？"图特摩斯火大地向他姑姑发问。

"这里就是我以后的永恒居所。"哈特谢普苏特这次总算开了口。

桑穆特已经开始向女王汇报："陛下，请跟我来，陵墓的挖掘进展很顺利，这条陡峭的峡谷通往墓室，您的石棺以后就放在那儿。"

他说起话来简直喋喋不休，到处回响着碎石块落地的巨大声响，尘土满天，扎布汪汪叫着，天热得要命。这该死的沙漠里一丝阴凉都没有！我面前只有两个选择：要么跟着两位君主继续前进；要么原地不动，在大太阳底下活活变成烤鱼或者烤鹅。还是跟着他们走吧。跟上他们也不容易，墓地让人窒息，我紧盯着两位君主，他俩都全神贯注地听着宰相的话。我实在不明白他们对此怎么会有那么大的兴趣，尤其是图特摩斯。

直到现在，我也没看出桑穆特为哈特谢普苏特设计的永恒居所有什么特别之处。不过话说回来，要是她死后得永远住在这儿，那这个地方还是挺重要的……无论如何，我对陵墓的一无所知也没什么大不了的，毕竟我既不是国王，也不是女王。

女王未来的陵墓里吵得要命，我难受极了，胸闷不说，眼睛也刺痒刺痒的，喉咙都快冒烟了，汗如雨下，我只想干一件事：走人。我的狼狈样和扎布差不多，它已经瘫倒在地，气喘吁吁，耳朵无精打采地耷拉着，头虚弱地垂在两只前爪上。我和这里有什么相干？为什么女王要命我一同前来呢？最叫我费解的是，回去的路上，她让我一定要守口如瓶，不能把我今天的所见所闻告诉任何人。

泛洪季2月21日

　　我被疲倦打倒了，我最亲爱的莎草纸卷，我不知不觉就倒在你身上，醒来以后啥都不记得了。我就这样沉沉地睡了一宿，还好我没把你弄坏。水碗已经干了，草秆笔滚到了我脚下，星星一颗接一颗地灭了。舅舅还在屋顶上睡觉。过去找他之前，我还有点儿时间把昨天的日记写完，好长的一天。

　　我本以为参观完皇家陵墓就能回底比斯了，大错特错。我们又去参观了哈特谢普苏特的陵庙工地！桑穆特对正午毒辣辣的太阳视而不见，展开他的设计图，一讲就是两个钟头！他怎么就不知道累呢？怎么说他也有点儿年纪了，确实有点儿年纪了，不过精力绝对充沛，我真羡慕他。

　　他说："陛下，请看那座山顶，那里住着化身为蛇的女神梅尔塞盖，宁静总是与她为友！啊！山顶！它就在您的陵墓和陵庙正当中，根本用不着再建金字塔了，这座山就是您的金字塔。"

　　我当场愣住了，桑穆特很清楚，所有的皇家陵墓都要建金字塔（这可是一个十分浩大的工程）。而他呢，只消抬起头，望望山顶，就把问题解决了。厉害！宰相继续说下去："我的女王陛下，您的陵庙共分三层，每层都有漂亮的柱廊环绕，由一条石铺通道在正中连接起来。最高一层是柱庭，通往开凿在山石中的神殿。这里种树，那里放斯芬克斯像，至于壁画和浮雕，陛下，当然以您统治期间的光辉业绩为题材，还有光荣的彭特探险……"

过了好一会儿

　　"老天爷，你在哪儿呢，米内迈斯？"突然传来我舅舅的吼声，"小懒蛋，兔崽子，又在做你的白日梦吧？"

　　这吼声惊得我赶忙扔下草秆笔，躲到自己的秘密角落里。

　　"啊，啊！竟敢躲起来，我知道你一定能听见我说话，"他的声音怒气冲冲的，"昨儿个你可玩了整整一天，又是坐船，又是坐车，跑这儿跑那儿的。我看你就是什么正事也没干，现在你马上给我去上学，跑着去，上课不准打瞌睡！好好学习，我可看着你呢。"

为什么舅舅从来不能见我所见，想我所想呢？答案突然跳到了我眼前：他对于我怎么想一点兴趣也没有，他不爱我。自从他的儿子去了北方的大城市孟菲斯，他的妻子去年冬天死了，他整个人都变了。我知道他想我舅妈，可我也想她啊。她人那么好，还特别逗。我都记不清她给我讲过多少故事了，可能有好几百个吧。我表哥很少回底比斯，他们当兵的，得服从长官的命令。我上一次见他还是在一年多以前，迎接泛洪季的节日上。他甚至没能参加舅妈的葬礼。就算他获得准许，要通知他，加上他还得赶回底比斯，时间无论如何也来不及。我可不愿像他们一样当兵。

"米内迈斯，快给我出来！"舅舅又大吼道，"你再不听话就要吃棍子了。我很少打你，不过今天非得给你点教训尝尝。"

他走过来了，我只是想象一下背上挨棍子的光景，就热汗直流。眼下只有一个办法：逃。快，卷好莎草纸，收好文具，悄悄溜出门去。方向：学校。

泛洪季2月24日

天气实在闷热，我都喘不上气了。虽说是晚上，比中午也凉快不了多少。猫头鹰、蝙蝠和蚊子（我刚打死了两只！）都神采飞扬，毫无睡意，我比它们好不到哪儿去。我躺在屋顶角落的席子上，能清楚地听到它们活动的声音。舅舅已经微微打起了鼾，我却干睁着一双大眼数星星。它们在月亮周围一闪一闪地跳着舞，我在席子上翻来覆去，数了又数。干什么好呢，我怎么都睡不着，干脆写日记吧。亲爱的莎草纸卷，我其实应该好好休息。今天又是漫长的一天。先是陪图特摩斯跑步，接着去学校上课，然后是体育课（今天练习射箭），这些都完了，我还得陪着国王和他同父异母的妹妹那芙鲁雷公主玩。那芙鲁雷比我们小两岁。我们在王宫的花园里玩跳蛇游戏。比赛很激烈，小桌上刻着一条盘起的蛇，蛇身分成许多小格。从蛇尾巴跳起，我们三人分别选了公狮、母狮和红白相间的球作棋子，只有最聪明的或者最幸运的人才能一格一格顺利跳到蛇头。几乎全是公主赢，图特摩斯很不高兴。

泛洪季2月25日

今晚，我舅舅罚我背书，背到滚瓜烂熟才行！本来他心情挺好。我们一起坐在屋顶上，舒舒服服地。可惜没舒服多久！我背得结结巴巴，他起先不过是数落了我一顿，也没拿棍子威胁我。并决定给我一个弥补的机会，让我辨认星座和"永不静止的星"（其实就是五大行星！）。我又说错了，我居然只认出了俗称"红色荷拉斯"的火星！这下可让他暴跳如雷。

"五个里面只认出一个，简直少得可怜。"他说这话时咬牙切齿，"我情愿去睡觉，也不愿和一头蠢驴说话。"

　　图特摩斯一直都喜欢朝王宫花园的水池里扔石子，我也喜欢。我想，这游戏对我们来说好玩，对有些家伙来说就很可怕了，它们可能甚至觉得我们坏透了。第一颗石子下去，蜻蜓逃走了。第二颗下去，青蛙蹦起来，消失在莲花底下。第三颗，鱼儿纷纷沉到池底。第四颗惊飞了鸭子。扎布此时兴奋到了极点，快活地连蹦带跳，总有一天，它会掉进水池的。到目前为止，它居然还从没滑过跤！这家伙运气真好。

　　我们这么玩着的时候，女王驾到了。我按礼节向陛下跪拜，她今天美极了：亚麻的长裙层层叠叠，纯金的项链上嵌着天青石，五官线条那么细腻，小巧的嘴还在微微笑着。图特摩斯向她问安，扎布则蹭着她不放，希望女王能摸一摸它。它果然如愿以偿。

　　"亲爱的侄子，"女王开口说道，"你似乎对南方和彭特之地特别好奇。你想知道些什么？你这样问东问西的，还不如直接来问我呢，这样不是更方便些吗？"

图特摩斯一下来了精神，双眼熠熠发光，他的问题一个接一个。女王一一予以清楚的回答。可当他说想参加探险队伍时，哈特谢普苏特沉默了好长一段时间。她的脸阴沉下来，双眼似乎乌黑得深不见底。

"绝对不行，别忘了你可是法老。"她的语气十分坚决，"我们回官殿！"这是个命令，我的朋友服从了。天一下黑了，底比斯的天总是黑得特别快。花园里的树仿佛成了会动的黑影，怪吓人的。只剩我一个人，怕得肚子都疼了，我不是怕黑（好吧，有一点儿），而是怕长途探险。要是图特摩斯的姑姑同意他去彭特，那我们就得分开好长一段时间了……等他回来，我们还能像现在这么要好吗？……万一他真的要我和他一起去，那该怎么办？这些假设把我吓得不轻。我一口气跑回了舅舅家。草草吃了晚饭，快快背了功课，我就立马来找你了，亲爱的莎草纸卷。

泛洪季 2月29日

我一整天都在努力听讲，脑子里却在想别的：图特摩斯会去彭特吗？会，还是不会？带我，还是不带我？我不知道，不过自从法老和他姑姑上次谈话以来，他的心情一直很糟糕。他对她的拒绝气急败坏，非要去彭特不可。但他还是得听哈特谢普苏特的话，因为10岁的法老虽然坐着王位，却没有治理权。

快到傍晚的时候，那芙鲁雷公主为我们弹了竖琴，好让图特摩斯散散心。她弹得真好听，图特摩斯听到最后也笑了。她和女王一样，也很漂亮，不仅穿着白色长褶裙，还把头发梳成许多的小辫子，上头再插一朵莲花，她总爱在头上插莲花。她今天戴了一朵香气袭人的蓝莲花，配上她嵌绿松石的金项链，显得越发鲜艳动人。

泛洪季3月1日

舅舅今天收到了一封信，是他跟随军队一路北上到翠海的儿子发来的，他今晚的心情可真不错，话都快说个不停了。

吃完饭，他对我说："尼罗河今年的泛滥恰到好处，水不多也不少。人人都知道，尼罗河要是泛滥得好，就有好收成，人人都能吃饱肚子，粮仓也能塞得满满的。"

他今晚是否会忘记检查我的功课呢？那就太好了。我巴不得整晚上都听他说尼罗河呢……可我高兴得太早了。

他笑嘻嘻地接着说："米内迈斯，我刚才看了你的写字板，今天你学了历法，应该很简单吧？"

我的头都快缩到身子里去了，因为我正好觉得这一课特别难。舅舅立即开始逼问。

"一年有多少天？"

"365天。"

"有几个季节？"

"3个。"

"有几个月？"

"每个季节4个月。"

"那一年呢？"

"12个月。"

到这里都还好，我回答得天衣无缝。唉！接着他递给我写字板，让我写出三个季节的名字，我的心一下提到了嗓子眼。我只记得一个名字，手抖着写了下来，另外两个怎么都想不起来了。舅舅马上破口大骂，说我是傻子、懒蛋、蠢驴、不懂事的……他说得对。我向他保证，明天一定把功课补回来。他去睡觉时连晚安都没和我说。

泛洪季3月5日

今天，太阳没露脸，我就吃早饭了。我吃了面包、洋葱、软椰枣，喝了杯凉水，真好吃。鸟儿开始在枝头歌唱，我向舅舅打了个招呼，出了家门，然后一口气跑到王宫门口，我每天都在那儿等法老。今天等的时间特别长。

他刚来，就冲我喊道："今天不用晨跑了。"

图特摩斯的眉头紧锁，脸色铁青，看样子心情很糟糕，原因可不难猜。他姑姑肯定还是没同意他去彭特。这让我打心眼儿里高兴，打心眼儿里舒心。不过我从没让我的朋友知道我真正的想法。迫不得已也只能撒谎，虽然撒谎不好，那也没办法。

我放宽了心，上课也特别有精神。现在我能用两种字体流利地写出季节的名字——漂亮的象形文字和简化的祭司体文字，老师表扬了我，我想舅舅会为我高兴的。

一出教室，花园里、神庙大庭里，到处都是剃了头、围着长缠腰布的祭司，他们一边小声地议论，一边手舞足蹈。

"图特摩斯，你知道他们在说些什么吗？"

他没好气地答道："当然！今早，我尊敬的姑姑正式宣布了彭特之旅。6个月后出发……我竟然不能去……她真的一点也不好！不过你看着吧，再过几天，我可给你准备了一个惊喜……现在不准说彭特了。米内迈斯，听到没？"

哦，明白，绝对不用说第二遍。所有的埃及人都知道，惹恼了法老是要付出代价的。要是敢抗旨的话，可不是开玩笑的。他会粗暴地对待我，好像我是最坏的小偷、强盗。棒打，监狱，在沙漠的矿上干苦力，劓刑，刖刑①，甚至是死刑？只有当臣民犯下严重罪行，国王才给他判刑，不过他有决定权。只要他说一句话，我马上就会死……

泛洪季3月12日

今晚很闷热，我字都写不好了。我浑身冒汗，脸上，背上，胳膊上，连我的指尖都在淌汗。草秆笔上

---

① 译注：这两种刑罚都是古代的酷刑。劓刑是指受刑人被割去鼻子，刖刑是指受刑人被断足。

的墨水瞬间就干了。亲爱的莎草纸卷，我的手都把你粘住了。对不起，我没法写得更好了。不过，我还在努力。

这几天，我一直在担心图特摩斯发火。我想错了，一切安然无恙。老师们最近更严格了，我们有背不完的宗教文献，还有阅读、听写、数学、天文……我根本没时间想别的。我认真地练习射箭、格斗、掌舵和驾车，连喘口气的机会都没有。所有的人都在议论彭特之旅，所有的人，除了图特摩斯。他仿佛什么都不知道，什么都没听到。我也和他一样，我都不敢问他，他那天说的"不过你看着吧，再过几天，我可给你准备了一个惊喜"是什么意思。

日子一天天过去，我依旧什么也不明白。

泛洪季3月15日

图特摩斯似乎找回了从前的好心情，这再好不过了。当然，我还是小心翼翼，不提"彭特"二字。再说了，我的朋友这么高兴也是应该的。在学校，他又写，又背，又读，又算，基本很少出错；他背出了大段大段的《金字塔颂》，这篇文章太难懂了，他总能答对老师的提问；我想他只挨了三四次打。下午，他跑得比羚羊还快；他驾车的时候，把缰绳握得牢牢的，从没翻过车；他每次射箭都能正中靶心。图特摩斯是最棒的！正常，他可是法老，是神的儿子，他就是神呀！他一定会成为一个伟大的国王。

他那么英俊，总是围着最上等的细麻缠腰布，看起来风度翩翩。有时他还戴顶假发，长度到他的脖子，他还戴着嵌宝石的金项链。

除了哈特谢普苏特，只有一件事不顺他的心，那就是他的身高！真的，图特摩斯在同龄人里算矮的。我比他高三分之一肘距，这让他火冒三丈。尽管他是法老，他的身体却不听他的话。

陛下还真沉得住气，他真的再也没说过"彭特"，我也一直没弄清他那句话是什么意思。他大概忘了吧？还是说那句话根本无关紧要？

泛洪季3月16日

今天，我听到了我最不想听的话。上午倒是平安无事，上完了课，我们去沙漠里练习射箭，我最喜欢了。两匹马拉着战车飞奔，图特摩斯站在上面射箭，好几支都直接射穿了靶心，这个好成绩把他的沮丧一扫而光，他看起来神采飞扬，我看了也高兴。突然，他冲我转过身来。

"啊！米内迈斯，我必须告诉你……我决定了。既然我不能去，就由你去彭特吧，回来的时候好把一切讲给我听。你就是我的眼睛、我的耳朵，你是我的特使。我的朋友，好大一个惊喜，对吧？……好了，好了，不用谢我。"

我一句话也说不出，手脚都不听使唤了。我太伤心了，心脏跳得飞快。我谢过法老，脸上挂着苦笑。法老满心以为我很高兴，不停地说着旅行的种种好处，一直说到晚上。我太不幸了！夜幕降临，写下这些话的时候，我的手都在颤抖。我的头好疼。

泛洪季3月18日

　　我已经连续三个晚上睡不着觉了。我在绝望里挣扎……好吧，亲爱的莎草纸卷，我就着星光写下这些话，其实并不全是真的。原谅我吧，事情不是这样的。白天，我为加入彭特之旅而感到快乐和骄傲。这是一个殊荣，也是一次有趣的探险。图特摩斯那么信任我，我不能辜负他的期待。他向我保证，他会一直做我的法老（那还用说！）、我的朋友（我有点不相信这话）。他安慰我说没什么可怕的，因为，第一，能干的内厄西将领导探险队伍；第二，为了漂洋过海，会特别造几艘十分坚固的大船。

　　可是每当夜晚降临，我又会不安起来，情不自禁啊，未知让我感到恐惧。一想到要离开我的朋友、我的城市、我的国家，我就浑身发凉。再想到危险和死亡，我都不寒而栗了……怎么办？总不能和舅舅讲吧？成为法老的特使，对他而言是整个家族的荣耀。不，绝对不行。我只有你，我的莎草纸卷，我的知心朋友，只有你懂我的心情。

泛洪季3月21日

学校里的人都羡慕我。似乎连老师看我的眼光都不一样了。我觉得自己长大了，成了一个能干的人。这种感觉真棒，让我忘记了晚上的恐惧。

既然现在已经有了一个特使（就是我啦！），图特摩斯可以毫无顾忌地讲彭特了。在他的请求下，老师决定，在我们做可怕的听写前，给我们讲讲过去的法老如何三次派出探险队伍前往彭特。我们全神贯注地听着，苍蝇嗡嗡叫着，在我们眼前飞来飞去，落在我们的胳膊上、手上、脸上，可我们毫不在意。

"现在，拿出你们的写字板和草秆笔，"老师大声命令道，"动作快一点……好，我们来听写一小段。'他们平安靠了岸……他们平安……靠了岸……停了船……停了船……船里满载着礼物……'"

这段叙述让我稍稍安下了心，要是我们的祖先都从彭特平安回来了，那我也可能重见底比斯。

泛洪季3月22日

我和舅舅睡在屋顶，他已经睡着了，夜晚闷热不堪，我试着告诉自己，不要害怕。我不明白为什么图特摩斯身为法老就不能去彭特，女王的坚决提醒了我，就算我的心揪得紧紧的，还头昏脑涨，我也得冷静下来，好好想清楚现在的情况……所有的埃及人都能去彭特，除了法老。好，所有的法老都会长途征战，风餐露宿。明白，结论：图特摩斯不能去彭特，因为这次旅行比最可怕的战争更危险！小莎草纸卷，我的下场就是：有去无回。

泛洪季3月29日

今天下午，图特摩斯又送了我一卷精美的莎草纸，长长一卷，放在一个芦苇编的盒子里。

"看，米内迈斯，你穿越沙漠、漂洋过海的时候，就可以把它背在身上了！千万别掉进海里，海水会把字洗掉的，那就太糟了，我会什么都读不到的。"好吧，损失了一卷莎草纸很糟糕。那我呢，我又到哪儿去了？被鱼群包围，还是被鳄鱼咬碎？……要是翠海里真有鳄鱼（这点并不能肯定），它们肯定比河里的鳄鱼个头更大，它们的水更多，吃的也更多。

"米内迈斯，你怎么一脸的不高兴？"我的国王朋友惊讶地说，"别忘了，我指望你记下你所有的见闻，特别是旅行途中见到的奇怪生物。你知道，我最喜欢动物和植物了。仔细记下它们的样子，要是你愿意，还可以把它们画下来。""遵命，陛下！"

我只能作此回答。讲话困难，是因为我咬着嘴唇；咬着嘴唇，才能不哭。这个办法挺有效的。

泛洪季4月12日

日夜飞逝，我一直睡不好，幸好出发是很久以后的事。至少还要等到下个季节结束，三四个月以后。中间会发生什么，那就说不定了，比如……比如……比如什么呢？一场大火，把船都烧没了？泛滥的尼罗河把船都毁了？神把它们偷走了？还是说从北方运来的雪松不够用了？只有雪松才能造出坚固的船，用我们这些可怜巴巴的矮棕榈可不行。啊，都不可能！那还有什么能让我逃脱死在翠海里的悲惨命运？毫无办法，唉！

无论如何，女王是不会改变主意的。昨天，图特摩斯又求她，说他想去彭特。白费力气，女王拒绝了。

泛洪季4月16日

今晚，我舅舅坐在一个小凳子上等我回家，他的爱猫在他怀里半眯着眼睛，惬意地打着呼噜。

"我有话要和你说，"他看起来很严肃，但并没有生气，"你最近睡得特别不好，是吧？"

我点了点头，把文具放在一边，坐在他对面。他一口气喝完了一杯水，还示意我喝。

"听着，米内迈斯，好好记着我的话。你的彭特之行让我特别高兴，这不仅是你的荣耀，更是我们全家的荣耀。这意味着你成了能干的人，想想吧，法老先是让你做他的朋友，又让你做特使……你还有什么好担心的？"

他用手摸摸脑袋，不等我回答，继续说了下去。

"担心出于软弱，或者更糟，是因为对我们的君主和神不信任，绝——不——允——许——这样。"

说完了这话，他把猫放下，站起身，拍了拍我的脸（或许带着一点点的爱？），往杯子里倒满了啤酒。

"来，喝吧！既然你马上要去翠海了，你就是大人了。喝了会睡得好一点。"

泛洪季4月22日

中午刚过，我们就去练习射箭。我用手挡着明晃晃的太阳，给搭弓射箭的图特摩斯打着气。正在这时，一辆马车驶了过来。车轮碾过，扬起一片厚厚的尘土，不过车子巧妙地避开了路上的大石头。来者戴着璀璨的首饰，长长的缠腰布在风中飘荡，原来是桑穆特。宰相敬重地向法老行礼，扎布又蹦又叫地欢迎他，拼命舔他的手，他好不容易才让扎布安静下来。

"陛下，"他的声音很沉着，"女王和我说了你们昨天的谈话。不说您倔，也得说您固执，这让女王很伤心。我来这里还想告诉您，历史上的伟大国王征战到很远的地方，可他们谁也没去过彭特！"

图特摩斯用箭头轻轻地拍着小腿，我就知道，这番话一定会激怒他。结果大大出乎我的意料，他什么也没反驳，反而对宰相的渊博和明智表示了尊敬。

"耐心点，陛下，"宰相接着说，"我向您保证，不久的将来，您一定能带着军队去北方征战。到时候您的朋友米内迈斯也陪您一起去。"

"什么时候？"图特摩斯问道，他的脸上写满了憧憬。

"彭特探险结束后的下一年，或者稍稍再迟些。"

"我会做好准备的,"法老自豪地说,"我已经准备好了。看。"

他搭弓,瞄准。嗖的一声,他的箭正中靶心。

我一整天都在回想桑穆特,他说了几句话,国王就不难过了。我很喜欢他,而且我觉得他也喜欢我。他总是对我有默契地眨一下眼,或者说句鼓励的话,或者对我笑笑。为什么呢?也许是因为我们都不是皇亲国戚吧。他能有今天的成就,全凭他自己的努力和才智。如今他的荣耀已经到了顶点,他有那么多的头衔,我只知道其中几个而已。他小时候也像我这样吗?一想到这点我就想笑。可是谁都有童年,桑穆特也不例外,他还做过不起眼的卫兵、见习书吏,后来才有这些皱纹爬上他的脸孔,让他的脸变成一张河马皮。不过他的眼睛、姿势和话语无不透着智慧和活力。大家一致认为他特别精干，是女王的得力助手。只有一件事特别奇怪——他一直没结婚！宰相很可能是底比斯唯一的单身汉。我希望以后也能像他一样，不过我肯定会结婚，还会有很多孩子，我准备给大儿子取名桑穆特！

泛洪季4月24日

宰相向图特摩斯做过保证以后，图特摩斯就总是对他赞不绝口。他已经想象着领军出征了，他一定能奋勇杀敌，奏凯而归！

今天，他躺在水池边，又想起了桑穆特："桑穆特也很喜欢动物，和我一样，尤其是马。他有一匹特别棒的马，他还有一只狒狒，好玩极了。有一次，它居然跳到扎布背上……你还记得吗？它抓着扎布的耳朵，居然没摔下去。真英勇……喂，米内迈斯，闭嘴！"

明明是他在说个不停。又不是我！我的国王骨子里有一股傲慢劲，可我刚才真的一句话也没说。法老不需要回答！我不过是看他如何把右手放在水池平静的水面，五指张开，一动不动地欣赏着头顶的姜果棕。阳光从树叶里缕缕洒下，美极了。图特摩斯一言不发，等着青蛙跳上他的手。不一会儿就来了一只。

"桑穆特很喜欢他的猴子，"他接着说，"那芙鲁雷喜欢猫。萝卜青菜，各有所爱嘛。我最喜欢的还是狗。"

扎布突然快跑过来，对着主人又亲又舔。难道它听懂了？

法老大笑起来（青蛙被吓跑了），又补充了一句："米内迈斯，可别忘了从彭特给我带些狗回来。要最棒的！我看好你。还有那里的特色植物，长在尼罗河边上的。我以后要建一座植物园！"

我不是很明白他说的"植物园"是什么意思，不过我向他保证，不会让他失望。我心里很清楚，只要让我的法老高兴，我就有可能一直做他的朋友。

□
〰〰〰

播种季1月6日

今晚舅舅对我很满意。我把课文背得一字不差。这篇课文又特别难。我今天背的是一篇古文，从很久、很久以前就不断被人传抄，五个字里我只能读懂一个，甚至六个字里懂一个。不过我很喜欢这些奇怪的诗句，读起来像音乐似的，我也不知道为什么。

播种季1月9日

小莎草纸卷，今天有一个好消息：阿蒙神下神谕了！真的，今早，得了一个神谕。神像在神龛里睡了一夜，早上开门的时候，神显灵了。乳香袅袅，颂歌阵阵，女王在神龛前放下祭品，这时，她清楚地听到：

"寻找去往彭特的路……去乳香之国的路……长途跋涉，水陆并行……把那里的奇珍异宝带回来……"

至高无上的阿蒙神就是这么说的！女王听从他的旨意。她要克服万难。探险队伍整装待发，我也一起去，这是上天的旨意。

播种季1月14日

我最喜欢的季节回来了。天气舒服极了，不冷也不热。尼罗河水退回去了，底比斯又恢复了生机。农民开始耕种，大清早就起来推犁。然后他们撒下种子，小麦、大麦、亚麻、蚕豆、小扁豆，还有蔬菜……全是我爱吃的。要不了多少时间，我就可以吃上脆脆的白洋葱，还有美味的色拉菜和黄瓜，这些都是泛洪季没有的菜。光想着，我的肚子就咕咕叫了，简直让我垂涎三尺啊。

在我看来这是个美好的季节，可对农民来说就很辛苦了。他们要在田里开出格子一样的水渠，不停地从河里引水浇灌，一次又一次，直到收获……累死人的活！我真可怜他们。

舅舅说的对，书吏是世上最好的行当。我现在很愿意听老师讲课，我怕有一天也得去种地，成天提心吊胆会遇见河马，还有更可怕的，要是来了蝗虫，一夜之间就把庄稼啃得精光。当书吏比当农民好太多了，但是，当农民比死在翠海里好太多了。我真可怜！

播种季1月18日

明天我要陪舅舅去河西岸的墓葬区，给死者上坟献祭。我不想去，可我必须去。我们要先坐船，从河东渡到河西，然后还得走路，至少要走两个小时。没有法老，自然也没有马车！我倒不是担心路途辛苦，只是有点害怕亡灵，有些亡灵一个不高兴，就从坟里跑出来报复。他们可是无所不能的……

我真傻，有什么好怕的。小莎草纸卷，我根本不用害怕，因为我们就是去给亡灵献祭的，好让他们高高兴兴地在他们的世界生活，不要来打扰我们。所以不会有亡灵出来的。可还有别的东西挡我们的路，蛇啊，蝎子啊，鬣狗啊，野狗啊，黑毛豺狗啊，都喜欢在墓葬区出没。愿神保佑我们，这些烦人东西可真多，多得要命！一不小心，踩到了松动的石头，一条眼镜王蛇马上立了起来，跃跃欲试，或者是惊起一条响尾蛇，短小精悍，动作神速，上来就咬。为了以防万一，舅舅每次上坟都带着一根大粗棍，这也是我们对付蛇的唯一武器。至于我么，我可以对着过于放肆的野狗和豺狗扔石子。一般情况下，弯腰捡石子的动作就足以让它们鼠窜了。

播种季1月21日

今天，我们在学校里读了《塞努海的故事》，我很喜欢。这是一个美妙的探险故事，语调很悲伤，还好结尾皆大欢喜。塞努海（主角的名字）被流放远方，历尽千难万险，成了贝都因人的首领，当他垂垂老矣，法老终于允许他回到埃及，回到王宫。我们读完了以后，老师让我抄写其中一段。为什么呢？因为我也要像塞努海一样，离开埃及吗？亲爱的莎草纸卷，我要把它再抄写一遍，这样我在去彭特的船上才能时时记起它。

"哦，神啊，我只愿你发发慈悲，带我重回法老身边。那里让我魂牵梦萦，也许你能让我再见一眼。我愿葬在埃及，除此以外别无所求，那里是生我养我的故乡。求你帮帮我吧！"

　　我在学校抄写这段时，像塞努海一样，哭了。其实我抄得很好，只有三个错，老师还表扬我了……我是为自己的命运而哭，因为我再也回不了底比斯了。现在我又哭了。小莎草纸卷，我的眼泪大滴大滴往下掉，都把你弄湿了，还是别写了。晚安。

播种季1月26日

　　今早起床时我的心里异常欢喜。今天将是快乐的一天，我要和法老去沼泽打猎！我度过了美好的一天，真的很美好。

　　图特摩斯和我坐在一叶小舟里，穿过尼罗河边层层的矮树丛。卫兵和仆人按照惯例，乘着别的船跟在国王后面。我来划船，小舟在高高的莎草间穿梭而行；法老则站着寻找猎物。我们一来，鸟儿都逃走了，撇下巢里惊慌失措的雏鸟。长腿的鹬鸟和白鹭也飞走了，青蛙和蚂蚱几下就蹦没了。青蛙呱呱，鸟儿啾啾，蚂蚱唧唧，此起彼伏，震耳欲聋……图特摩斯时不时用力投出矛枪，击中一只飞得正欢的鹌鹑，或者是一只鸭子、一只野鹅，他弹无虚发。

"快划呀！"他发火了，"米内迈斯，现在可不是打瞌睡的时候。"

我已经尽力了，没法再快了。

到中午了，该回王宫了，图特摩斯坐在船里，脸色阴沉沉的。

他手里始终握着大猎叉，虽然今天一次也没用过。他没精打采地说："掉头吧。打猎挺有意思，可我还是不开心。我本以为能打死一只河马，或者鳄鱼呢……可我只打到了鸟，根本不中用，这可不是法老的猎物！"

我一声没吭。要是我的国王朋友发起火，什么也别说，等着他把气撒完，这样比较好。

"总有一天……啊，一定的，我向你保证，米内迈斯！总有一天，我会打死世界上最大的动物，长鼻、大耳、粗腿的大象，我要像我父亲那样。我还从没见过大象呢，不过我可不怕这些怪物。"

我说我相信，我还说，我相信他能打死几十只，不，上百只。我发誓与他并肩作战，再把他的英勇事迹写下来。图特摩斯耸耸肩，微微笑了一下，赏了我一只鸭子。我一回家，我们的女仆图伊就把它去毛扒皮，开膛破肚，放上火炉烤了。晚饭我和舅舅一起吃，还有话痨子图伊。她有一头黑发，一边不停地说着，一边给我做又脆又甜的椰枣面包，好让我开心点。

她太厉害了，从早到晚，在家忙里忙外，什么都要她操心，她居然还能用微笑应对我舅舅的刁难。吃剩的鸭子归猫了，多么美好的夜晚，让我暂时忘记了忧愁。

播种季 1 月 29 日

猫对着鸭子骨架又吸又啃已经两天两夜了，我舅舅被逗乐了，他心情不错。他一边看着猫，一边说："你很勇敢，小米内迈斯，我都看在眼里了，祝贺你。不过你有一个坏习惯，那就是爱抱怨，抱怨起来没完没了。这点让我替你害臊……你都这么大了，这个毛病一定要改。"

我向他保证，我会尽自己最大的努力，不过成功与否就不知道了。我一边答着他的话，一边仔细地看着他，闪闪发亮的光头，黑白相杂的眉毛，还有圆滚滚的肚子。我的脸长得很像他，特别是眼睛和下巴。这也难怪，他是我妈妈的大哥嘛。一想到我即将离开他去彭特，我就有点难过。我本以为自己只会想念图伊和猫，我错了。

播种季2月3日

底比斯人不再谈论彭特之旅了，我真怀疑这件事是不是就这样黄了。计划取消了？还是推迟了？这可是个好消息。

播种季2月5日

上完课，做完体育训练，图特摩斯和我在王宫的花园里陪着那芙鲁雷玩球。玩了一会儿，我们改主意了，想玩点儿别的，总之不那么累人的。我们是这么想，扎布可不这么想，屡次三番给我们的跳蛇游戏捣乱。它最讨厌我们坐在那儿，静悄悄地投骰子，拿着棋子前进或者后退。为了安抚扎布，公主弹起了竖琴。多美的音乐啊，每次都这么动听！

播种季2月9日

也不知是小道消息还是确有其事，这我不管，人们都在说图特摩斯和那芙鲁雷今后要结婚。那也没什么，国王有权利和近亲结婚（只有他有这种权利），就像神一样，比如说奥西里斯和伊西斯，塞特和奈芙提斯，他们可都是兄妹结婚。人们还说，法老和公主的婚姻能"稳固皇家血统"。这个说法真奇怪，我可搞不懂。今天晚上，我问了舅舅，这是什么意思。

"谁是著名的法老阿赫莫斯的直系后代？"他针锋相对地反问道。

他总喜欢用一个问题来反问我。我承认自己不知道，他一边用手掌摸着光溜溜的脑袋，一边说："我来告诉你吧，小不点，就是那芙鲁雷啊。她是哈特谢普苏特唯一的孩子；哈特谢普苏特呢，她是皇太后阿莫斯唯一的孩子；而阿莫斯又是阿赫莫斯唯一的孩子！全是女孩，王权本应该父子相传的！"

我舅舅说得对。

"想想吧，米内迈斯。图特摩斯同父异母的妹妹可是有纯粹的皇家血统，图特摩斯要是娶了她，王位就会坐得更稳，他们的儿子也将因为母亲的血统成为阿赫莫斯的子孙。就是这么简单！"

这番话听起来怎么那么复杂，不过大概意思我是懂了。我又问舅舅，他觉得图特摩斯和那芙鲁雷会不会结婚。尽管我再三追问，他还是没回答。

"一切都得听神的吩咐，"他叹了口气，"给我倒杯啤酒，你要是不想在你的莎草纸上乱涂几笔，就可以去睡觉了……真不知道你都在上面写了些什么。"

播种季2月17日

晚上天气变凉了，都有点冷了。我裹着条厚厚的亚麻被单取暖，还是浑身发抖。我灵机一动，把舅舅的猫抱在怀里。唉！这个热乎乎的小毛球只在我身上待了一小会儿，就去抓耗子了。运气可真差！后果很严重，我冻僵了，睡不着，只好听着猫头鹰呜呜，蝙蝠叽叽，驴子哼哼，这些怪声音只能让夜晚更加怕人。

亲爱的小莎草纸卷，我又对你撒谎了。我居然以为彭特之旅取消了。我可真傻！这可是阿蒙神的旨意！女王的决定！板上钉钉，根本没有什么"可能"。证据如下：

今早，图特摩斯刚到学校，就兴高采烈地冲我说："探险的船做好了！我去看过了。总共有五艘，一艘比一艘棒。美妙的探险啊，米内迈斯，对吧？你可真幸运啊！"

我怕极了，情不自禁啊。现在想起来我还要抖一抖呢。

播种季2月23日

一夜又一夜，时间过得飞快。每个夜晚都差不多，那么冷，那么长，那么怕人。我总是断断续续地做噩梦，最后被一个最可怕的噩梦吓醒。我梦见自己死了，死的时候遭受了极大的痛苦——先是淹死在海里，然后是被豹子撕得粉碎，还有被热病慢慢烧死！我的结局已定，不是沉到水底，就是葬身豹腹，或者被烧成一把灰。我必死无疑，更可怕的是，我死了也没有坟墓，没有石棺，没有木乃伊，没有祭品……没有谁会记得我。

这个骇人的梦是神谕吗？好像是。可为什么我死了三次，而且每次死法都不一样呢？死一次就够了，真的。

播种季2月24日

今早，图特摩斯注意到了我疲倦的脸色，问我怎么了。开始我什么也没说，他再三追问。

"说！否则就挨 20 下大棍！"

我的朋友是认真的还是在开玩笑呢？反正我听他的话，详细地和他讲了我的噩梦。我怕他会嘲笑我，可他不仅没有嘲笑我，反而还安慰了我。

"米内迈斯，你为旅行忧心忡忡也是正常的。不过这可是阿蒙神的旨意，他会保佑你们一路平安的，你们绝不会遭遇这样的危险……跟我来。"

图特摩斯把我带到他的寝殿，对着一个仆人窃窃私语了几句。趁着我们和扎布玩球的空当，这个仆人拿来了一个小瓶子和一个木刻的枕头。

国王对我说："每天睡觉前，只要喝一口这药水，就不会做噩梦了。这药水特别管用，是宫廷秘方做成的。喝的时候还要念一念祈福的咒语。可别忘了啊！"

我点点头。

"这个枕头你也拿着，上面画着贝斯神，他能赶走噩梦。我把它送给你。"

我的法老可真是世上最好的法老，我的朋友可真是世上最好的朋友！小莎草纸卷，我得和你说再见了。我要去喝药，念咒语，躺在枕头上，闭上眼……希望贝斯神来帮帮我！

播种季2月25日

昨夜我睡得很好，这可是药水和贝斯神的功劳。贝斯神肯定整夜都在忙着做鬼脸，才把噩梦都吓走。还有几天我们就要去彭特了，那再好不过了。今天早上醒来，我一点也不害怕了，既不怕长途旅行，也不怕失去法老的友情。一切都让我舒心，没有我不能做到的。不能再写了，我要去学校了，舅舅不停地喊着"快点儿"，我得听他的话。

播种季2月26日

又是一夜好觉，真幸福！不过昨天我生气了，因为图特摩斯居然把我的噩梦讲给那芙鲁雷听了。他什么都讲了，一字不差。他没意识到，这是个秘密，只有他能知道。算了，其实也没什么大不了，可就是挺让人生气的。

离开王宫花园前，我在水池边玩了一会儿。这时，那芙鲁雷跑过来，在我耳边轻轻地说："米内迈斯，别害怕彭特之旅。一切都会顺利的……你最多在翠海上碰到些风浪，就像《遇难水手的故事》里的英雄那样，不过别忘了，他后来平安回到了祖国……你也是，你会平安回来的，我敢肯定。"

我当然知道这个故事。上过学的孩子都知道，主角的船在一场风暴中沉没，被一个大蛇神所救，来到一座不知名的小岛上。几个月后，一条船经过，把他带回了埃及，是有这么个故事。不过那芙鲁雷忘了，故事一开头，其他水手全都淹死了！几十人都死了，只有一人活下来。这个故事不仅没让我放下心来，反而把我吓坏了……太阳出来了，我得赶紧去上学了。

播种季3月6日

亲爱的莎草纸卷，舅舅睡着了，我终于能安安静静地写日记了。我知道我这么提防有些可笑，他除了我的功课从来没关心过别的。可我还是不想让他偷看我的小秘密。现在，他的呼吸很慢，呼噜打得很有节奏。没问题了。

今晚，我从王宫回家，在路上听见了不可思议的话。两个男人走在我前面，居然在说女王和国王的坏话。我没有全听清，他们的声音压得很低。

"我们不会有好日子过的，"其中的高个儿叹了口气，"一个女人和一个小孩坐在王位上……愿众神保佑我们！"

"王后辅佐年幼的法老，这倒很正常，"另一个回答道，"不过她居然也自封法老，这就太过分了！要是她的彭特探险失败了，那可再好不过！"

高个儿接着说："没有'要是'，按照上天的旨意，此行必败无疑！如果哈特谢普苏特成功了，她的权力会比现在还大……王国需要的是一个合格的摄政王，一个正直、值得尊敬的男人来掌权，直到我们的小法老长大。"

这时，他们（肯定是两个疯子！）突然转进了一条漆黑的小巷，我没跟过去。他们说的"合格的摄政王"是什么意思？他们指的是谁？是他们的朋友吗？我不敢想下去。为了破坏探险计划，他们会不会在沙漠里袭击我们，或者把我们的船凿沉？这简直难以想象，谁敢和女王对着干呢？要知道，违背女王就是违背阿蒙神，就是违背所有的神，就是扰乱世界的秩序啊……镇定，镇定，米内迈斯，去喝药睡觉。

播种季3月17日

晚上冻死人了，要是我冻病了，我就不走了。留在底比斯，同法老、舅舅、图伊和猫待在一起。太幸福了！唉！我可没这种运气，出发指日可待。我中午收到了确切的通知。太阳升到最高时，我们放学了，刚出校门，就碰上一个信使。是女王派他来的，好让他告诉我探险途中我应该干些什么。

"好小子！你可不像我，再也没有老师逼着你学习了！"图特摩斯叫起来。

扎布汪汪叫了几声，好像在对主人的话表示赞同，我目不转睛地看着信使。

他平静地开口了："米内迈斯，现在是准备阶段，你只要帮着书吏记录货品就行，船上要放送给彭特人的礼物，还有旅行的必备品。你要写，还要算。没问题吧？"

我微微笑了一下，表示没问题，其实我心里好羡慕和扎布玩得正欢的图特摩斯。他俩可没什么好担心的，不用出发，不用做危险的旅行。

信使一边摸着他脖子上的护身符，一边继续说："到了那边，不同的队伍有不同的任务，你跟着其中一队，做点力所能及的事就行。"

他不说了，大概是想喘口气，或者是等着我提问，我不知道。反正我什么也没说。

信使重新开了口："听你老师说，你的字很漂亮，人也很机灵。米内迈斯，那正好，你的活有时候也不轻松，因为彭特人不说神的语言，他们可不像我们。

不过也用不着担心。你可以用肢体语言和他们交流，万不得已时，还有翻译书吏来给你帮忙……现在你只要牢牢记住一个名字就行了——伊内尼，你将成为这位书吏的助手。记住了吗，我的孩子？"

他对着我笑了一下，似乎对他自己刚才的一番话很满意，然后就小步跑着走了。一只白鹭受到他的惊吓，猛拍一阵翅膀，飞走了。我默默走到图特摩斯和扎布那里，我不想玩了，可是为了让法老开心，不得不玩。

播种季3月29日

小莎草纸卷，我没忘记你，可我太忙了，国王、老师、舅舅，哪个都不放过我。好不容易才找到机会来写日记。我的命运无法改变了，两天后出发！

今早，为了做最后的安排和准备，女王召集了她的智囊团和所有负责探险的人。他们一定有很多事情要和女王讨论，因为直到太阳下山他们才走。我在花园里等图特摩斯的时候看见他们从宫殿里出来。我常常等图特摩斯，这也是应该的，他是法老，而我什么都不是，只是千万普通埃及百姓中的一个。出来的人里有桑穆特，这自然不用说，还有皇家兵工厂的头，后勤部的头，医生的头，药剂师的头，舞蛇者的头，画师的头（他也会参加探险），几何学家的头，最后还有翻译的头。内厄西是这次探险的总管，他是最后一个走的。他和我想象中的样子不差多少：粗糙的皮肤，严峻的目光，额头中间有两条浅浅的皱纹，笑起来很有活力。他有点像宰相桑穆特，就是比桑穆特年轻些。

随着出发之日的迫近，我虽然很兴奋，但也很紧张。干脆现在走得了，走得越早，回来也越早。再过几个钟头，我就要离开底比斯了……奇怪的是，我几乎有种解脱的感觉。不到一年，我就能回来吧？

播种季3月30日

睡觉前，我特别想写日记。我好紧张，字都写不好了，管他呢，今天是我最后一天上学。我真的不想同图特摩斯和那芙鲁雷说再见，我哭了，连扎布也一副伤心的样子。我太伤心了，这不是语言能表达出来的。

晚上，从王宫出来，我沿着尼罗河走了好一会儿，想减轻一下我内心的痛苦，可是一点用也没有。我看见那些巨大的船在神庙附近的码头靠岸，不许靠近，到处都有卫兵看守。

明天将是难熬的一天，我得试着睡一会儿。今夜，要想让我不做噩梦，贝斯神恐怕要好好忙一场了。

播种季4月1日

清晨，我就要走了。小莎草纸卷，对不起，我没法带你走。我要把你留在这儿，带走装在漂亮盒子里的新纸卷，这是国王的命令。如果用新纸卷写日记，说话就得有分寸了，因为旅途中所写的一切都会拿给法老阅读，我再也不能敞开心扉了。

我在底比斯的最后一天特别忙碌，我都没空伤心。我很早就去船只停泊的码头找伊内尼。我以后都得听他的话，可我还不认识他呢。

"这里，米内迈斯，快来帮忙！"我刚到，就听到一名书吏的叫声。

他的耳后别着一支草秆笔，挥动的双臂仿佛雏鸟扑腾的翅膀。

他是怎么认出我来的？就因为我是探险队里年纪最小、眼下我又是码头唯一的孩子吗？大概是吧。总之他是认出我了，我跑到舷梯高处去找他。

"我的孩子，抓紧时间，我们的活可不少啊……我叫伊内尼。我算一遍，你再算一遍，然后我把数字记下来，懂了吗？"

整整一天，码头上充塞着形形色色的坛子、篮子、箱子、行李。脚夫和驴子身背重物，由舷梯上上下下，扬起弥漫的尘土。碰撞声、摩擦声、叫声、笑声、命令声、反抗声，全在我脑中嗡嗡作响，简直要炸开来。在离我几肘远的那边，总管内厄西同时监视着五条船的装货。有人管着装货，内厄西再去管这些人。他既冷静又能干。不管是没盖好的箱子，还是没封好的坛子，什么都逃不过他的眼睛。巨大的阿蒙神神像和哈特谢普苏特雕像搬上船时，他亲自上阵指挥，我们将把这些雕像运到彭特之地。

过了一会儿

是时候把我的行李打包了，一会儿就弄好了，我就带了两条缠腰布、写字板、水碗、草秆笔和我的新莎草纸卷。啊！我当然没忘记我那漂亮的鸵鸟毛笔了，它又新又软，是那芙鲁雷公主送给我的礼物。虽然我用不上鸵鸟毛笔，但我还是带上了，这是个纪念。明天，我还会把睡觉的莎草席和被单带上，没别的了。我把枕头和最后几滴安神药水都留在家里了。至于你，小莎草纸卷，我就把你藏在屋顶的旧坛子里吧。你要乖乖听话，等着我，我会回来的……好吧，至少我打心眼儿里是这么希望的。

吃晚饭的时候，我都咽不下什么东西，再说我肚子也不饿。

舅舅对我说："把这几个无花果蛋糕带上。我记得你最爱吃了……把这些小瓶子也带上。里面都是好药，你也许用得着。说不定就生病了，谁知道呢？哪种药治哪种病，我都写在瓶子上了，咒语你已经知道了。探险队医生到时候会有很多病人要照顾，不一定顾得上你。来，听话，装到包里，然后就去睡吧。"

舅舅从没对我这么好过。我的远行似乎对他没什么影响，他既不难过，也不担心。如果可以的话，我真想拥有他那样的体格（除了他的大肚子以外）和他那样坚毅的性格，那该有多好啊。

他清了清嗓子，又补充了一句："等等，米内迈斯。过来，让我帮你把这个护身符戴上。"

他把一根细细的麻绳系在我的脖子上。绳子底下挂着一个小小的包，是用一张小莎草纸折叠而成的。舅舅肯定在纸上写了强大的保护咒语。他的手很稳。

他轻轻地说："这是一次很漫长的旅行。愿众神保佑你，我的孩子！"

我匆忙地谢了他一声，因为我感到泪水就要夺眶而出了。然后我飞奔到女仆身边，扑到她怀里，大哭起来。这是我在底比斯度过的最后一夜。

播种季4月2日

你好，我新的莎草纸卷！你真好闻。你好漂亮，好光滑。长长的旅途就由你来给我做伴了。我们一回来，你就会去法老陛下的寝殿，让法老仔细地阅读。这是你的荣幸。我已经开始想念图特摩斯了。出发的时候，我只是远远地瞥了他一眼，连告别也没有。我们就此分离了。现在，为他写日记成为我们之间唯一的联系。我不能让他失望。所以我马上就开始写日记了，我给它取名为《女王哈特谢普苏特命令下的彭特探险》。

黎明前的最后时分，我的旅行开始了。我出家门时，天上的星星已经渐渐变暗了。我的心揪得紧紧的，腿发软。我把行李挑在一根长棍上，再用肩挑起长棍。我忍住了眼泪。这是一次艰难的旅行，可是大探险家是不会掉眼泪的。我的头晕乎乎的，像喝醉了似的，我就这么走到了码头，我的船是五条中的第二条。书吏伊内尼早就在那里忙了好半天了。一切都已准备就绪，所有的人都已各就各位。内厄西坐的是打头的船，这会儿，他正站在船尾，监视着最后的准备工作。尼罗河两岸挤满了喧闹的人群。

两位国君和其他皇亲国戚来到码头后，四只信鸽腾空而起。它们的脖子上挂着信函，将会飞向四面八方，让全王国的人都知道我们出发了。女王做完了祈祷，向神献了祭品，然后她一挥手，示意船队出发。她似乎很激动，图特摩斯也是，他像根桩子似的站在女王身旁。王冠对他略显沉重，我觉得他的脸色今天似乎特别苍白。是因为我要走了吗？还是因为我们即将长久地分开，也许是永远分开？一阵悲伤涌上我的心头。我的身体发凉，嘴唇发抖。军号响起来了，船队滑进了运河，向尼罗河驶去。船桨有力地击打着水浪，听到这声音，我哭了。每划一下，我就离图特摩斯远了一点，离所有我爱的人远了一点，每一下都像刀子割着我的心。

我们驶入河流时，船帆扬起，引起岸边人群的欢呼。他们叫喊着，祝我们一路顺风，还高声向阿蒙神和众神祈祷，保佑我们一路平安。孩子们哈哈笑着，和汪汪吠叫的狗一起沿着尼罗河追逐我们的船队。白费力气，船飞速向北驶去，他们小小的腿不一会儿就赶不上了。

底比斯消失在我的视线里，我竟然觉得松了口气。恐惧和担心都过去了吗？那可不一定。

播种季4月16日

自我们出发已经有14天了，我一个字也没写。对不起，小莎草纸卷，我不是故意的。船队在尼罗河上航行，我听伊内尼的吩咐，一会儿给舵手捎口信，一会儿看管货物，一会儿又拿着清单算了又算。甲板上堆得满满的，我还得在上面来回穿梭，每晚睡觉时都筋疲力尽。我以前常抱怨学校的作业太多，体育训练太累，可那时候我并不知道什么叫真正的累。现在我知道了。

　　不久，我们到达科普托斯。几百个人在那儿等着我们，把雕像、罐子、箱子、篮子从船上卸下，分成两拨运往翠海边。一拨由驴子驮，另一拨由脚夫扛。接着，专业的造船工把船拆成好多部分，易于搬运，他们也得从鸽子谷把拆散的船运到翠海边。鸽子谷里只有石头和沙子，是个无比荒凉的地方。

　　我们已经在荒漠里走了好几天了。现在，我是就着月光，坐在我的行李上写日记的。几天以来，我从早到晚都在赶路。每晚休息时，我都累得要命，双脚火辣辣的，眼前糊里糊涂，连笔都握不住……我迟些再接着写。困死我了。

播种季4月19日

　　我扛着行李赶路，睡觉，再赶路。这就是一个大旅行家的全部生活！好不容易到了晚上，不用走了，我却一点写日记的力气都没了。对不起，亲爱的莎草纸卷。我现在只想找个办法，记下我们旅行的天数。我想不出办法，只好去问伊内尼。他是书吏，懂很多东西。

他回答我的时候眼里满是作弄的神情："每天捡块石头，沙漠里有的是。把日期写在上面，然后放到你的行李里！今天是19日，你不是会写字嘛。那就写呗……这还不简单，小伙子。"

伊内尼一定以为我是傻子（我当然不是），我怎么会听他的话呢。我的行李现在已经很重了，不能再往里加东西了，特别是石头。

过了一小会儿

我躺在席子上，边看星星边想办法，还真被我想出来了。我只要在写字板后面用墨水画横杠就行了。每天画一条横杠。到了30条一个月就结束了，我把它们都擦了，重新开始画。这法子简单、方便又轻松……我今晚一次画上19条。这样就不会出错了。

播种季 4 月 23 日

我的日子太苦了。我除了走，还是走，这该死的沙漠，该死的鸽子谷，没有树，没有花，没有田，没有房屋，也没有人。我沮丧极了，脚都磨出血了。阳光从沙子和石头上反射过来，刺痛了我的双眼。我根本没力气写日记，再说了，我也没什么好写的，这里除了沙子和石头，再没别的了。我还不是最苦的，脚夫们更惨！他们赶路时背着沉甸甸的行李，还要搭帐篷、喂驴子，有时候还得和士兵一起挖水井。要是没有水，就死定了，还好女王英明，我们走的正是时候，白天暖洋洋的……晚上倒是太冷了点。我只有一条被单御寒，其实等于什么都没有。

播种季 4 月 27 日

晚上，总有鬣狗在我们周围游荡，想找吃的，它们发出刺耳的叫声，我怎么也没法习惯。我们的驴子吓得要死，也大声怪叫，这时候，士兵们就会拿石头把鬣狗赶走。要是有鬣狗靠得太近，就会被士兵用箭射穿，不过箭可是宝贵的武器，不应该浪费在鬣狗身上，我不用怕，还是睡吧。

播种季4月28日

我的脚在流血，可我还得继续走。回头是不可能的，更不能一个人留下。我连话也很少说了，好节省点力气。天一亮，秃鹫就开始在美丽的蓝天上盘旋，寸步不离地跟着我们，一直到天黑。它们在等着有人倒下吗？其他人看起来没我这么累。他们有时在皇家金矿干活，已经习惯了沙漠里的生活。加油，米内迈斯。我可不要第一个倒下，成为秃鹫的美餐，我不要，我是法老的使者，我不能让他失望。

播种季4月29日

我今天差点丢了小命！草草吃过晚饭，我正准备躺下，忽然，一条眼镜王蛇冒了出来，离我只有一肘距离远。它硕大无比，颈部张开，呈攻击状态，吓人的双眼紧盯着我不放。它的尾巴不停地在沙地上摆动，我吓得浑身僵住了，动也不能动，也没法呼救。眼看它就要向我扑来，突然有两只手从腋下抬起了我，把我一下扔到了后边。

"让我来，小不点！"一个陌生人的声音说道。

我滚进沙子里，吓破了胆，幸好我还活着。我的救命恩人念起了咒语，慢慢向蛇靠近。眼镜王蛇始终冷冷地盯着他，然后它低下了脑袋，尾巴不动了，张开的颈部也缩了回去……他一把抓起蛇的三寸，走了。他要把蛇放到远离营帐的地方去。

他一回来，就对我说："赶快休息吧，小不点！有我在，不用怕蛇。我认识它们，它们也认识我。我能对它们说话，它们也喜欢听我说话。在这该死的沙漠里安心睡去吧。"

播种季 4 月 30 日

秃鹫、眼镜王蛇、鬣狗、太阳、赶路，日日如此。我觉得我们永远也到不了翠海了。内厄西真的认识路吗？我很怀疑。

夏季1月4日，

图特摩斯统治第九年

虽然我们身处沙漠，但用我的方法，我敢说日子算得一天不差。今晚，一年结束了。再见，第八年！图特摩斯统治第九年万岁！图特摩斯是在他统治第一年夏季第一个月第四天登基的。每当一名新法老登基，纪年就重新从第一年开始。这方法既简单又方便。

我知道日期，可我不知道底比斯的情况。要是秃鹫不在我们头上打转，而是飞去底比斯，就能展翅飞翔，给我带来那里的消息了，我会有多高兴啊。等我回了底比斯，我一定要向图特摩斯提议，训练秃鹫送信，它们飞得比鸽子快多了。对了，有件怪事，亲爱的莎草纸卷，我在鸽子谷里赶路，却连一只鸽子也没看见过，难道它们都被秃鹫吃了？

夏季1月6日

　　我走得太多，小腿肌肉变得越来越硬了。再这样下去，恐怕我都能跑过图特摩斯了，不过也不一定。也不知道现在谁每天陪着国王上学？一个新朋友？想想我就伤心。我真想他，我还想那芙鲁雷、舅舅、同学，甚至老师。我感到很孤单，晚上在营地里，我吃饭，喝水，确认没有眼镜王蛇、蝎子或者蝮蛇，然后铺开席子，裹上被单，马上就睡着了。要是鬣狗晚上没把我吵醒，还能睡到早晨。天一亮，我又得重新出发了。

夏季1月8日

起床的时候，伊内尼给我鼓劲："加把油，米内迈斯，我们离翠海不远了。不久你就能在甲板上休息了。"

真是太好了，我以为我们永远也到不了翠海了呢。伊内尼很喜欢我，我也很喜欢他。他话不多，但对我很好。他的笑话有点无趣，不过无所谓。能在他手底下做事我感到很幸运。

中午，来了一股又闷又热的气流，我们行进的速度大大减慢。突然，南边刮来一阵强风，一路卷起铺天盖地的沙土。原本碧蓝的天空瞬间成了黄色，天一下暗了。真糟糕！我们遇上风暴了！连竖篷子都来不及，我们只能就地坐下，挤成一团，头趴在膝盖上，双眼和嘴巴紧闭，好抵挡亿万向我们疯狂扑来的沙粒。我没法呼吸了，沙子在我脚下堆起来，不一会儿就到了我的脚踝和我的小腿肚，感觉似乎有一大群蚊子在叮我。沙子钻进我的嘴巴，在我牙齿间嘎吱作响。我的眼角积满了沙子，耳朵里也是。虽然我把单子蒙在头上，可它太薄了，根本挡不住沙子。受惊的驴子大声叫着，与风的呼啸响成一片。鬣狗一点声音也没了，天空里一只鸟都看不见。它们还活着吗？我只能勉强看清其他人的轮廓。我们都要死在这儿了。每次风暴过后，沙丘的位置都会移动，我们马上就要被新的沙丘给埋了……谁也找不着我们……我们最后会变成木乃伊，被遗忘在沙漠之中。过了很久很久，风暴终于停了。我们不走了，就地扎营。死了两头驴子。

伊内尼冲我说："今天你一直坐着，腿不累吧？"

他在和我开玩笑，这话也确实有点好笑。不过我敢说，他其实是想掩饰他的恐惧，他也以为我们会死在风暴里。

夏季1月10日

临近中午，我走啊，走啊（我觉得只会干这一件事了），忽然，地平线上出现了一个巨大的东西，亮亮的，薄薄的，好像刀刃一样。

伊内尼在我耳边说："我们到了。好样的，小不点，你穿过了沙漠，没有喊过一声苦，你肯定是同龄小孩里最勇敢的。"

我喜欢听表扬，所以我很开心。我很想和他聊几句，不过有一头驴受了惊，他去帮驴夫了。

过了一会儿，我才定下心来，好好看了看眼前的翠海。这就是我听无数人说过的翠海了，一片流动的、湿润的蓝绿色，一望无垠，太美了。大陆周围环绕着流动的大洋，流动的大洋又通往世界的尽头。我今天终于来到了大洋边上。得救了，我终于逃出了可怕的鸽子谷。可是我能开心多久呢？先是冒着渴死的危险，现在又有淹死的危险！要是舅舅在，他一定会说：

"米内迈斯，你从不知满足，总是怕这怕那，牢骚满腹。你这性格实在太差劲了！"

可他不在，我很遗憾。从生下来，我就特别会和自己过不去，现在我已经10岁了，恐怕是改不了了……我正这么想着，眼前出现了一个小港口，有几个木头搭的破棚子，上面挂着帘子。早有人在那里等我们。还有几棵瘦弱的棕榈树，稀稀拉拉的，被热乎乎的海风吹着。我亲爱的莎草纸卷，我很想和你分享我坐在翠海前的喜悦，可伊内尼已经叫我三次了。他似乎发火了，大叫着，说天黑前要准备的东西太多了，时间很紧迫。

夏季1月11日

还好太阳落山了，我们不得不停手，否则我们还要接着干。我们必须把船重新组装起来，推下水，再把所有的货物运上去，还有几百个装满水的坛子，笨重极了。我问伊内尼，海里有那么多的水，为什么还要带水，惹得他大笑起来。

"海水是咸的，根本不能喝。你在学校里都学了些什么呀？"

老师从来没讲过海水是咸的，伊内尼又总喜欢开玩笑，我满腹狐疑，非得跑到海边亲自尝尝不可。我用手捧了些海水，送到嘴边，他没骗人，太难喝了，和尼罗河的水一点也不一样。

夏季1月19日

这里只有石头和沙子，真是和尼罗河岸太不一样了！没有田地，只有几棵生长不良的树。山羊也很瘦，根本不听牧童的指挥，啃着那几棵可怜的树。我倒是愿意好好欣赏一下广袤的大海和蓝天，可伊内尼不给我时间。

"货物搬上去以前，统计一定不能出错！"他用手指着一大堆杂七杂八的货物，命令道。

于是我只能不停地数着面包篮、啤酒坛、油坛，一直数到头晕眼花。想集中注意力太难了！我在学校做算术时周围那么安静，现在，到处都是吵闹声、说笑声、碰撞声，还有驴子哼哼，山羊咩咩，海鸟啾啾……离我几步远，阿蒙神和哈特谢普苏特的雕像被捆在木橇上，对一切噪音充耳不闻，仿佛在静静地看着我。内厄西对手下十分不满，埋怨他们动作太慢。

他穿梭在好几组工人之间，监视着他们的工作，还时不时地骂上几句，威胁几声，说要拿棒子打他们一顿。他走过我身边时，也看了一眼我的工作，还对我笑了笑……不只是他，所有的人都对我很好，叫我小探险家。

有时，内厄西会拍着我的脑袋说："你真像我儿子！"

我像别的男孩？那我的长相肯定一点特色也没有了？

夏季1月22日

今天一大早，在柔和的晨光下，船离岸了，一切都很顺利。内厄西亲自指挥工人搬运神像和盛放珍贵宝物的箱子。最后，所有的生活物资和货物都运完了，我们也上了船。内厄西一声令下，我们出发了。我的心里一阵发紧，这是我第一次离开埃及，身上只有一根棍子和一包行李，里面多了我在海边拾到的三个漂亮贝壳，贝壳里还有珍珠呢，太棒了。岸上站着脚夫、工人、驴夫和他们的牲口，等我们一走，他们就得沿鸽子谷返回科普托斯。

滑行吧，我的船，在翠海上滑行吧。我现在感觉很好。太阳升起来了，我坐在甲板上安静地写着日记。真不可思议！船微微地晃着，好像摇篮轻轻地摇。

过了一会儿

唉！我的幸福时光太短暂了。新的问题马上就来。我欣赏着大海，内心却总有些不安。不一会儿，我就看到了水底的珊瑚。红橙色的珊瑚直直立起，如同千万把匕首，要将我们的船壳划得粉碎……啊，我不敢看了。连想都不敢想。至少现在不敢。为了避开珊瑚，我们的舵手帕谢德用长长的钓鱼竿在水下探路，我应该相信他。

好了，米内迈斯，别发抖了！抬头看看船帆吧，只等海风一来，就可扬帆。听听船夫的歌声吧，歌声的节奏伴着划桨的节奏，让他们身上更有劲儿。坐到船头去，重复一万次："我感觉太好了。"

下午

还真管用，我不害怕了。现在，我们的五艘船都平稳地沿着岸边航行。没有田地，没有村庄，没有人，也没有动物！我眼前的世界那么迷人，色彩那么丰富，又那么荒凉。黄色的沙子和石头衬着翠绿的海水和碧蓝的天空。海水清澈见底，各种奇形怪状的鱼在海草间穿梭，游进珊瑚丛中。它们可不怕珊瑚。所以我刚才比一条鱼还胆小！真丢脸。

夏季1月23日

我们在海上已经走了两天，亲爱的莎草纸卷。一切顺利，好吧，差不多一切顺利。舵手帕谢德似乎很不喜欢我，他总躲着我，或者恶狠狠地瞪我，朝我走过的地方吐口水，嘴里还嘟嘟哝哝的。他在诅咒我吗？愿阿蒙神保佑我！也许是我想太多了吧。唉，不知道。

每晚太阳落山前，我们的船都会停入小海湾。夜晚开船太危险了，珊瑚和礁石会造成可怕的事故。所以我们得靠岸，水手似乎早已习惯这样做，对我而言却很新鲜。然后就是扎营、吃饭、睡觉，天一亮，再回到海上……要是图特摩斯和那芙鲁雷也在这里，我就是最幸福的埃及人了。可他们身处安逸的王宫，离我这么远……不过现在总算没有眼镜王蛇了，已经不错了。晚安，小莎草纸卷。

夏季1月25日

今晚，海水把一个奇怪的东西冲上了岸，它的形状是五角星，有点硬，有点粗糙。我本以为这是珊瑚，可我把它放在手心里的时候，它居然动了！我吓了一跳，把它放回到沙地上。它大概看出来我没有恶意，所以很快就安静下来。它真像从天上掉下来的星星，只不过不会发亮，难道是没有鳍的鱼吗？

一个水手告诉我："别怕，小不点，它不咬人，也不扎人，这是海星。不过你可要小心它藏在下面的尖尖角哦！"

我十分小心地把它翻过来，根本没有什么角，又是一个冷笑话。

夏季1月27日

海上风平浪静。船开得很稳。我靠在货物上，舒舒服服地写日记。我们只有一面帆，不过它很大，现在风从北边吹过来，把我们的帆张得满满的。尼罗河上的船可没有这么大的帆！

水手们洗着甲板，高兴地说："不用划桨了，这风直接把我们送往南边去！在沙漠里，我们的脚已经受够罪了，至少现在手不用受罪了。"

说起脚，前些日子走得实在太多，我的脚也是又红又肿。现在每走一步都像是走在火炭上，烧得生疼。今早，我总算有时间治治我的脚了。我从行李里拿出小瓶子。里面有一瓶油膏，上面写着"能给脚消肿，把药草和蝌蚪混合后在油里烧熟制成"，正是我要的。谢谢，舅舅。

舵手帕谢德走过我身边时，恶狠狠地说："有人闲得发慌，有人却有干不完的活。小东西，拿着你的美容油膏滚远点！"

我缩成一团，以为会挨他一脚。还好伊内尼有事叫他，他这才走了。

夏季2月8日

这里没有沙尘暴，只有水。大海依旧风平浪静，珊瑚越来越少，还好我不是水手，可以休息，太好了。小莎草纸卷，没有什么可同你说的。日日夜夜都千篇一律。

每晚上了岸，内厄西都要同五条船上的舵手和书吏看"地图"。那是一张很大的莎草纸，他用手在上面指指点点的，有时还用黑色或者红色的墨水在上面写几笔。他们讲话的声音很轻，这勾起了我的好奇心。刚才，我特别想听他们在说什么，就悄悄地蹭到他们身边。可惜我运气不好，被伊内尼看见，他把我赶走了，态度很恶劣。我瞥了一眼，整张莎草纸上都是地图！这是去彭特的航海图吗？是不是先人去彭特探险时留下来的？

夏季2月11日

亲爱的莎草纸卷，我今天有些无聊。为了打发时间，我先是欣赏了在天空盘旋的海鸟群。它们的翅膀很大，是黑色的。然后我又趴在船边看翠海里的鱼。它们和尼罗河的鱼很不一样，颜色都十分鲜艳，在我眼皮底下游来游去。有的只有一种颜色，有的身上带条纹，有的带斑点，有的圆滚滚，有的扁平平，好像一叶船帆，总之形状都很奇怪。我甚至还看到一些长满刺的黑球。是鱼？还是海里的刺猬？都不是，他们说这是海胆。还好既没有鳄鱼，也没有河马。亲爱的莎草纸卷，记好我说的这些，法老也只好读我写的东西啦，我可不能把鱼或者海草给他带回去……那需要有好多罐海水！希望陛下能原谅我！

忽然，帕谢德凑到我耳边，大声叫道："你要是想和这些鱼亲密接触，别怕，跳下去就是了！不过我可不会把你捞上来。"

我根本没注意到他。他在我后背上猛拍了一下，我晃了晃，险些从栏杆上翻下去。这个舵手心可真坏，我得好好留点神。

夏季2月17日

就在刚才，我们靠岸之前，一只大海龟游到了船边。它游得很快，可是风吹得太猛，我们的船走得更快，不一会儿，我就看不到它了。

今晚也和往常一样，大人们吃饭，聊天，在陌生的海岸上休息。他们总是重复说着他们的家人、村庄和回家的喜悦……我呢，总是一言不发。我与法老的友谊，还有我对王宫的记忆，这些都是我的秘密。我本可以说说学校和舅舅，可我不想开口。我更愿意想想图伊，她美味的蛋糕和她温柔的怀抱。图伊和我舅妈一样温柔，她们就像我的母亲。她肯定知道为什么舵手帕谢德那么讨厌我。谨慎起见，我尽可能躲开他。白天，他要站在船头探路，我就到船尾去，离他远远的。

晚上，我总是和伊内尼待在一起，他能保护我。

每天一早上船前，我们都会补充一些食物，特别是淡水。每条船上有 20 个水手，再加上舵手、书吏、士兵、学者和我，要吃饭喝水的嘴可不少啊。

夏季 2 月 19 日

海，还是海，一直是海，只有浪花，白色的泡沫，鱼和鸟！我真想快点到彭特。我想念我的朋友、学校、射箭、沙漠里的体育练习，还有王宫花园里的游戏。我甚至想念检查我功课的舅舅，他的棒子除外。今天帕谢德忘了吓唬我，昨天他也忘了。太好了！不过我还是留着神。也许他又在策划什么阴谋了。

我们究竟什么时候才能到？我们在海上已经走了28天了。时间太长，我已经受不了了。这该死的彭特之地到底在哪儿？内厄西真的认识路吗？我很怀疑，特别是今晚。

我鼓起勇气，对伊内尼说了我的忧虑。他安慰我说："我们的地图十分准确，也许你看到的海岸都差不多，可我们的舵手对每一座山、每一个海湾都了若指掌……一切都在地图上标出来了，好吧，几乎一切都标出来了。我向你保证，博学的内厄西绝没有走错路！别担心，小不点，没事的，去睡吧。"

听了这番话，我放心多了。这时，他又补充了一句：

"明天去找个水手给你剪剪头发，米内迈斯。你头发太长，都把眼睛遮住了。这样你也有点事干。"

虽然我嘴上答应了，可我心里并不乐意。我想把头发留着，一直到我们回到底比斯。头发越长，越能向法老说明我在外漂泊了多么久，还有，我有多勇敢。

夏季2月24日

这一天太长了，整个上午我都在无聊地闲逛，或者站在船边看鱼。忽然，一条鱼跳出了水面，好大一条。

帕谢德大叫道："船左舷有海豚！快划，离它们远一点！"

这奇怪的动物身体十分光滑，嘴长长的，一会儿沉入水中，一会儿又重新跃出水面。更让我惊讶的还在后面，因为除了这条海豚，还有别的。不一会儿就来了六条海豚随着浪花起舞，似乎在为我们护航，向我们致意。太棒了。我真想摸摸它们。可惜！我的手太短，它们又离得太远。

夏季2月25日

　　该死的舵手今早和我擦肩而过时绊了我一下，毫无理由。结果我整个人都摔在湿漉漉的甲板上。还好不严重，只是起了个包，有几处擦伤。老天爷，他到底和我有什么仇？

　　往常岸上一个人也没有，可今晚我们在一个小渔村旁边靠了岸。渔夫接待了我们，两位翻译书吏提出和他们以物换物，他们马上同意了。其实，就算他们不同意，也得同意，我们有那么多士兵呢。交易很顺利：食物和淡水，换的是五条项链、两把匕首和两把斧头。

□
〰〰〰

夏季2月27日

　　月亮升起来了。满月，又红，又圆，把天空和海水都染红了。起风了。今晚停靠的海湾十分荒凉，只有干旱的土地和枯死的树木，石头间稀稀拉拉长着些黄草，我就得睡在这儿，找不到合适的地方。

夏季2月30日

今天真走运，伊内尼居然有时间找我闲聊。他为我举出了彭特之地的珍贵特产：乳香、没药、香草、黄连木树脂、乌木、琥珀金、金子、象牙……这么多的宝贝让我的心，我的鼻子，甚至是我的肚子十分满足。不过，所有这些宝贝我都已经在底比斯见到过，在神庙里或者王宫里。既然我们已经有了这些宝贝，那为什么还要不远万里，历尽千辛万苦来彭特找它们呢？

"小笨蛋。再好好想想。"伊内尼回答道。

我搞不明白。

"商队把它们运到埃及来，几经周折，要靠船、驴子和脚夫，再加上他们用的是小船，所以运来的量都很少，他们卖得也特别贵。我们这下可是把满满五大船的宝贝运回去，献给我们的君主呢！"

伊内尼说得实在太对了。与其净说蠢话，还不如闭嘴呢。这也是我众多缺点中的一个。

伊内尼摸着下巴，继续说道："对了，米内迈斯，为了让你不那么无聊，我给你出道计算题怎么样？你应该知道，我们的船长120肘距，宽40肘距，那你也应该知道一条小船的大小吧？"

我不好意思地点点头。

"那你算算，我们一次带回底比斯的宝物，商队需要走多少次才能运完？"

夏季3月1日

我一整天都在想这个大船与小船的问题，却始终没有答案。我真是太笨了，好丢脸……还好，伊内尼没再和我提这事。也许连他自己也不知道答案？不过他可没忘了我的头发。他命令我立刻剪头发，不得有误。给我剃头的水手用的是剃刀，他的动作温柔极了，我一点也不疼。我的脑袋现在又光又亮，苍蝇都能在上面滑冰了，它们想必很开心吧。都在海上了，还是有那么多的苍蝇。我真怀疑，它们是不是从底比斯一路跟着我们来的。很有可能。

也不知底比斯那里怎样了？高贵的图特摩斯有时会不会想起我呢？他会因为我不在身边而伤心吗？希望他能喜欢我为他写的日记……当然，我必须先回底比斯，可眼下我正离它越来越远。我们是在向着彭特前进，还是彻底迷路了呢？

夏季3月3日

我的大话说得太早了，好吧，写得太早了。帕谢德没忘了我，他可一直惦记着我呢。

我正在岸上吃饭，他过来对我说："小东西，尊贵的内厄西找你有事。"

我把没吃几口的面包和洋葱放在行李上，这样不会有沙子，也不会有虫子和螃蟹来捣乱。然后我赶到总管那里。他根本没找我，生气地把我赶了回来。又是帕谢德干的坏事。这个恶作剧一点也不好笑，更恶毒的还在后面，他趁我不在，把我剩下的饭偷走了，我只能饿着肚子睡觉。

夏季3月5日

随着时间的推移，天慢慢热起来了。幸好，巨大的亚麻船帆挂在甲板上方，让我们免受太阳的直射。彭特始终不见踪影，我的右边是荒凉的海岸，我的左边是无边无际的翠海，翠海来自什么地方我忘了……它来自（我肯定知道，因为老师和我说过的），来自……我脑子里一片混乱……啊，对了！翠海来自努海，努海是流动的大洋，环绕着陆地，又大又平……老天爷，努海完了以后还有什么呢？什么都没了。

老师没说过，或者是我忘了……流动的大洋以后，就完了，我们将会掉进世界的尽头。内厄西正把我们直直地送到世界的尽头。一股强烈的不安包围了我，害得我肚子都疼了！只有一件事让我稍稍放了点心，那就是第一个掉进去的肯定是内厄西的船，身为总管，他总是坐在打头的船上，而我坐的船可不是打头的。所以，等他掉下去，我们还来得及掉头。然后我们就回埃及，尽可能快，尽可能早，帕谢德是很坏，可他是个好舵手。结论：要想重回底比斯，我绝不能上内厄西的船。

夏季3月6日

又是无聊透顶的一天。和谁说说话呢？没人。大人们有更重要的事要干，顾不上和一个10岁的小孩聊天。他们有时会冲我笑笑，对我说我们就快到了，或者拍拍我的脑袋，送我个漂亮的贝壳，再没别的了。只有伊内尼有时会陪陪我，至于帕谢德，但愿他忘了我。

今早，我坐在一堆空篮子上，远远地眺望大海，还有荒无人烟的海岸。渐渐地，海岸上有了绿色，草、花和巨大的树木开始出现在我们眼前。一只海鸥停在船唯一的桅杆上，一动不动（可能它的脚粘在上面了）。一丝风也没有，水手们有节奏地划着桨。他们大汗淋漓，酷热让他们满脸通红。时间仿佛拉长了……突然：

"看到彭特啦！"帕谢德站在船头，大声叫道。

讨厌的舵手，谢谢你带来的消息！我冲到船边，太阳直直地晒着我。管他呢，热就热吧。我得好好看看这个国度，亲爱的莎草纸卷，这样才能告诉你我所看到的，法老读了才会开心。一些人从尖顶的茅屋里走出来，在岸上迎接我们。岸上满是椰枣树和姜果棕，还有乳香树和矮棕榈。我身边的水手仍旧划着桨，脸上满是喜悦！漫长的旅途中，他们没有一个人承认自己害怕，不过现在却一个个都长舒了一口气……也许回去的路上我们还是可能掉进世界尽头的深渊……不管了，至少现在我们顺利到达了目的地！亲爱的莎草纸卷，你猜我想起了什么？说来奇怪，我居然想起了《竖琴手之歌》。在学校，我把它抄了有十几遍，一边抄一边抱怨满腹。在舅舅的棒子底下，我把这首讨厌的诗牢牢地背了下来。今天，面对神秘的彭特之地，我居然想念上其中一段：

"死亡是定数，冥界不可知，尽享眼前福。鼻嗅极品香……忘却心中苦，人生须尽欢。"

古代的诗人啊，你说得太对了，我同意。我要好好地"尽欢"，好好地享受生活！我的心里多么快乐。啊，图特摩斯，我的国王，要是你能分享我的快乐该有多好啊！在海上整整走了45天，无聊的日子终于结束了。在帕谢德的指挥下，船靠了岸，他时不时用棍子敲一下甲板，发号施令。小莎草纸卷，不能再写了，我该把你放回盒子里了。

很久以后，在彭特

这次靠岸仿佛是一次战斗准备，所有的人都打起十万分的精神，收帆，收桨，卷绳，搭舷梯，搬货物，一切都那么迅速而秩序井然……伊内尼让我好好看着罐子，要把它们全都运上岸。没问题，总算有我的活了，我很高兴。我用眼角注意着帕谢德。还好他忙得要命，没空烦我。

首先搬下船的是献给哈托尔女神的祭品。她长着牛头，是彭特的守护神。内厄西向她致敬，感谢她用海风助我们一臂之力，一路把我们送到这里，还感谢她对我们的欢迎和招待。祈祷完了以后，其他东西源源不断地被搬上岸。我正看着水手搬罐子，这时，几个水手把一个巨大的箱子搬上了岸。它一定特别重，水手们把吃奶的劲都使了出来，脸都变形了。内厄西打开箱子，从里面拿了些东西出来。我完全不懂这是怎么回事，目瞪口呆地看着这一切，伊内尼见状大笑起来。

"这是用来和彭特人交换的东西，小不点。都是从埃及带来的。看，多漂亮……"说完，他又低声加了一句，"倒不是太贵重。"

最后一个罐子也搬上了岸，我赶忙跑上岸一看究竟。内厄西拿出来的有项链、手镯、脚链，堆成山的玻璃珠，五彩缤纷的珐琅珠，匕首，还有各种各样的工具……内厄西站在这些宝贝后面，神情严肃，连额上的两道皱纹都似乎变深了。十几个士兵拿着长矛、弓箭、斧头和盾牌守护在一边。亲爱的莎草纸卷，我一直没弄懂为什么士兵也要和我们一起来。来的不少不说，还个个全副武装。为什么呢？我们在彭特会有危险吗？彭特人是残忍的野蛮人吗？还是说我们要向他们展示埃及的强大？我以后会弄清楚的。

我们身边已经围了许多人，叽叽喳喳地说个不停。不知是出于害怕还是尊敬，他们始终和我们保持一定的距离。这时，来了一个英俊的男人，瘦瘦高高的，短短的黑头发打着卷，人群一下子安静了。他就是彭特的国王帕雷乌！王后伊蒂小步跟在他后面，她很胖，走起路来气喘吁吁的，看上去就有病在身。他们的三个孩子和彭特的贵族骑着驴跟在后面。他们举起前臂，张开双手，向尊贵的内厄西以及女王派来的所有人表示问候，接下来就是会谈。

我的耳朵伸得再长，也听不见他们的话。不过我很快就弄清楚状况了，在翻译书吏的帮助下，他们互换了一些初次见面的客套话。然后内厄西对我们带来的首饰、武器和工具大加赞美，国王和王后认真地听着他的话。接着是礼节性的礼物交换，然后他们就走了。我有些失望，我以为仪式会更隆重呢……内厄西却已经在下命令了。

"你们，再去搬货！剩下的人去扎营，还有你们，去弄点淡水来……每个舵手要确保船的安全……至于你么，小不点，去看着他们挖坑埋罐子。快去，你知道的，这是唯一让罐子里的东西保持新鲜的办法。"

小莎草纸卷，内厄西给了我一个重要的任务。我感到很自豪。现在已经是深夜，大家都睡了。虽然很晚了，我还是想和你讲述我在彭特的探险。明天再接着写吧……我困死了。

夏季3月8日

昨天我一个字也没写成。太忙了！内厄西邀请彭特国王全家和他的大臣赴宴。我们早有准备，把所有的必需品都带来了，我之前竟然不知道。

一早，为了让阿蒙神和女王能一直留在彭特人的心中，我们把红色花岗岩做的雕像放在了远处的棕榈树林边。安放神像时，水手们已经在岸边搭起了一座巨大的帐篷。我们的厨师就在里面忙活。士兵看守着四周。一切都好。他们时不时让一些靠得太近的彭特人退后，他们倒没有一点恶意，只是太好奇了。

现在得把罐子挖出来了，我忙着读上面墨水写的标签，但时间不够，我没时间全部读完。已经有厨师来拿罐子里的珍贵食物了。他们用刀打开罐子口的泥塞，然后从里面拿出干鱼、干鸭、熏牛肉片、辣味羚羊腿、茄子酱、鱼子酱、椰枣、无花果干、葡萄干、上等的葡萄酒和啤酒。我想得到内厄西的表扬，所以我一直坚持到最后一只罐子被挖出来，这才去了厨师那边，看他们如何朝大锅里扔进大把的蚕豆和鹰嘴豆。他们还在做蜂蜜蛋糕、茴香面包和芝麻面包……闻起来太香了，我情不自禁地闭上眼，好让香味充分渗进我的身体！正在这时，一块大石头打中了我的背。一阵剧痛，让我几乎断了气。我摔倒了，转头去看是谁扔的石头。没人。我只在树林里看到一个模模糊糊的影子，是一个埃及人在逃跑。看上去像是帕谢德，宽肩，长腿，肌肉隆起。但我不能肯定，离得太远了。不管是谁，都够坏的！从背后打人，绝对是胆小鬼才做的事。我用手背蹭了蹭受伤的地方，看看流血了没有。还好，我的皮肤很结实，没破皮。我一边揉着疼痛的地方，一边站起身，往厨师身边靠了靠。这样我既能更好地闻到锅子里冒出的香味，又能避免再次被打。敌人没有再出现。为了在厨师这里多待一会儿，我自告奋勇，帮着给椰枣去核，又帮着烤鱼。宴会一定会很丰盛。可惜，我没受到邀请。

我不想一个人待着，临近中午时，我又去找伊内尼。我帮他把我们带来的东西精心地摆在帐篷前面。与此同时，彭特人也在离我们不远的地方放下一篮篮的彭特特产。小莎草纸卷，别担心，有全副武装的士兵日夜看守呢，小偷不敢来的。

东西都摆好以后，太阳已经落山了。伊内尼和我回到营地，享用一顿美餐。

夏季3月9日，清晨

我不该对你说谎，亲爱的莎草纸卷，法老不能忍受谎言。他会生气，也许他会惩罚我，还会拒绝和我做朋友……所以我要把实情写下来。昨晚，我饿极了，渴极了，放开肚皮大吃一顿不说，还大喝一通啤酒，喝了好多，结果像摊泥一样地倒了下去。我一觉睡到大天亮，还是困。大家都已经在忙忙碌碌了，我却怎么也起不来。我只能躺在席子上，勉强写点字……我头疼。我只是一个小醉鬼，这让我很惭愧。我还想再睡几分钟……待会儿见。

过了好一会儿

肚子上一脚，头上一脚，大腿上一脚，叫喊声，威胁声。不用睁眼也知道，帕谢德今天又是活力四射！

"给我起来，懒蛋！狗养的，废物……"

伊内尼比他喊得更大声："别碰他！别再找米内迈斯的麻烦了。这男孩和你毫无关系，你的痛苦和悲惨回忆都不关他的事。"

"悲惨回忆？你说这是悲惨回忆？可不是嘛，往地狱走了一遭的又不是你！"

"我知道，帕谢德，这件事我知道得很清楚。因为那个小傻子，船只失事……"

"闭嘴，书吏！可别把我的事抖给所有人听，尤其是别告诉眼前这个蠢货。"

"好，我不说。不过你不能再纠缠米内迈斯了，否则我只能告诉内厄西，他有办法治你。"

然后帕谢德就走了，他神色异常悲伤，垂着头，弓着背，好像肩上压着一根大石柱似的。我很想知道"船只失事"和"那个小傻子"究竟是怎么回事。可是伊内尼的脸色也不好看，我觉得现在问他太不合适了。

我在心里对自己说："起来了，米内迈斯。揉揉头上的包，摸摸身上的瘀青，卷好席子，理好东西，系好行李，什么也别说，好好休息上一天。"

夏季3月10日

今天，所有人集合！总管给大家分了队。我分到了伊内尼一队，帕谢德去了另外一队。上天保佑！每队都有彭特向导和彭特国王指定的专家陪同，负责完成一个任务。彭特人肤色比我们深；有些肤色特别深的人，头发也很奇特，又短又卷。

我所在的队伍负责研究彭特之地的植物，从中选出一些带回底比斯。整个队伍由几个彭特人和十几个埃及人组成：伊内尼、一名翻译书吏、一名画师、一名植物学书吏、几个全副武装的士兵、几个强壮的水手，还有我。

伊内尼兴奋地命令道："赶快准备，马上就能去'定位'了。"

徒步开始了。我们一个接一个地跟在向导后面，就这样在酷热中走了好几个钟头。眼前的风景和底比斯大不相同（他们可没有尼罗河！）。我们时不时在一株罕见的植物前或一棵奇怪的树木前停下脚步，记下它们的位置，方便以后还能找到，这就叫"定位"。翻译书吏向彭特向导询问植物如何开花、其生长周期等，由植物学书吏把这些话记下来，画师则把它画下来。伊内尼管着所有人，他偶尔提一两个问题。我么，反正我也没什么事可干，我就到处帮点小忙，削削草秆笔啦，给水碗加水啦，让驴别叫啦……啊，对了，我忘了，我们带了三头驴，替我们驮东西。我们拿了不少篮子，现在大部分是空的，只有个别的篮子里装了一些食物和水，回去的时候可就不是这样了。植物学书吏名叫奥里，我和他一起收集种子，把它们放进小布袋，再由奥里写上植物的名称。我有点失望。难道我们这次就是来收集种子的吗？

伊内尼安慰我说："我们回去之前会挖一些植物带回底比斯。不过我们得选出最漂亮的。"

他停了一下，喝了一大口水。

"好好记下它们的位置，米内迈斯，法老会很高兴的！仔细听听奥里都说些什么，你就能变得和他一样博学了。这里就是你的新学校，大自然的学校！"

伊内尼总是对的。早上出发的时候，我还对植物一无所知。到了晚上，我看叶子、花朵和枝条的眼光已经和从前大不相同。我仔细地观察，看它们的形状、颜色、数量、枝干的外观，甚至连上面的虫子也不放过。奥里真棒。唉！我的脚又开始疼了。还好，舅舅的油膏正在瓶子里等着我呢！

夏季3月13日

今天，我们的队伍又去"定位"了。我跟着奥里寸步不离。他很喜欢我，我也喜欢他。不过有一件事让我很恼火，他总是把我叫成梅纳。

最后，他终于意识到了这一点，真诚地向我道了歉："对不起，我常把你叫成我的儿子，都是因为我太想他了，你又那么像他。他和你一样，今年11岁了。"

"我10岁，不是11岁。"

"真的！那你可长得够高的，而且还那么勇敢，那么聪明。"

我最喜欢这样的表扬了。从那以后，奥里叫错我的名字，我也不怪他了。从他那儿，我知道了姜果棕的叶子是扇形的！和椰枣树长条形的叶子大不相同。

真是这样。我在底比斯看过成百上千的椰枣树，怎么从来没注意到？

这位博学的植物学家拍着姜果棕粗糙多毛的树干，对我说道："姜果棕在哪儿都能长。它很好活，只要有阳光、土和一丁点雨水就行了。它的果子又圆又绿，长到拳头大小的时候，把果子摘下来，嚼一嚼它的皮，里面有甜甜的汁液。等果子熟透了，可以把硬硬的果核留下来，那可是和象牙一样珍贵的宝贝。"

我正听着奥里的讲解，这时，一个彭特人拿出了他别在腰上的匕首。我们的士兵马上提高警惕，时刻准备好夺走他的武器，必要时甚至会一下杀了他。其实他并没有恶意，只是把匕首插进一棵姜果棕的树干，一股黄色的汁液马上喷了出来。他用手接了一些喝，然后笑着招呼我们也来喝。我耐心等了一会儿（因为我年纪最小，什么事都是最后一个才轮到我）。这饮料不错，虽然没什么味道，但是很清凉。亲爱的莎草纸卷，我度过了美好的一天。接下来都可以在营地休息了。可惜这里的蚊子大得像蚂蚱，只有它们不来烦我，我才可能好好睡一晚。

过了一会儿

月亮虽然没出来，星星却照亮了一切。一丝风也没有，也没有烦人的虫子。我慢慢睡着了，忽然，有人猛地抽走了我枕在头底下的行李，我的头一下撞到了地。一个残酷的声音小声说道："我要杀了你。再过几天，你就要去见可怕的冥王奥西里斯了。相信我，我一定亲手解决你！伊内尼不可能一直保护你的，小窝囊废……我警告你，不准去告状，否则你死之前就没舌头了。"

帕谢德说完这些威胁的话，就消失在了黑暗中。拜他所赐，现在我睡意全无了。我该怎么办呢，亲爱的莎草纸卷？是把这件事说出来呢，还是不说？希望神能给我托个梦，告诉我该怎么做，或者干脆把这个坏蛋的脖子拧断算了。

夏季3月15日

我一个梦也没做，一条神谕也没收到，我决定保持沉默。等我回去了（要是我还能重见底比斯的话），英明的法老会惩罚坏人的，我用不着说。亲爱的莎草纸卷，我的朋友，他只要读了我的日记，就什么都明白了。

今天是辛苦的一天，队里的气氛也很紧张。奥里和伊内尼一直在抱怨，简直有点没事找事。他们觉得彭特人给我们看的乳香树和没药树都不好，不值得我们大老远跑来。他们想要的树应该既不大也不小，既不高也不矮。这些天我们看了好几十棵树，他们居然一棵也没相中。

究竟什么时候他们的心情才会变好呢？但愿是明天吧。

连路上碰到的一群猴子也没能把他俩逗乐。这些猴子跑到我们前面，然后停下，一边等待着，一边盯着我们看，直到我们走到前面去，才又来追我们。它们用一只手抓着树枝，从一棵树跳到另一棵树，嘴里还不停地叫唤着。它们一会儿冲我们做鬼脸，一会儿又把红屁股对着我们。最强壮的应该是些公猴，它们把母猴和小猴围在中间，装出一副可怕的样子，太逗人了。它们这是在欢迎我们，还是在保护自己？我觉得它们很怕我们。这也难怪，说时迟那时快，只听伊内尼一声令下：

"用不着带树回去了，抓些猴子回去！把网拿出来，千万别伤着它们。小心它们的牙齿！以后再把它们的牙挫钝。从这只开始抓。"

笑容总算又回到了伊内尼脸上。当我们带着五只猴子回到营地时，天已经黑了。彭特的天总是黑得特别快。

夏季3月18日

我们用长长的绳子把抓来的猴子系在树上，这样它们既可以上树，又没法逃走。今早，我帮着给它们喂食。我尤其喜欢一个猴子妈妈和它的孩子。小猴子紧紧地抓着妈妈的毛，眼睛张得大大的，透出害怕的神情。它机灵极了，可爱极了。我甚至觉得有了它，图特摩斯可能都不想要彭特的狗了……不，还是得听从陛下的命令。他说过，只要狗，不要别的。不过直到现在，我还没在彭特看到一只配得上陛下的狗。

夏季3月19日

好消息，亲爱的莎草纸卷。今天，我们找到了十几棵不大不小的乳香树，既能方便地挖出来，也能方便地运上船。太棒了！

奥里和伊内尼为我们的发现兴高采烈，晚上，我们得到了啤酒作为奖赏。这次可要小心，我只喝了水！趁着大家都这么高兴，我想套出伊内尼的话，让他告诉我帕谢德的过去。与其不明不白地死在他手上，不如弄清楚他为什么对我恨之入骨。白费力气，他还是什么也没说。

夏季3月23日

我们已经连着 14 天采集植物了。我特别喜欢这个活！彭特的一切都和埃及那么不一样，不过彭特也很美，除了王后以外。我们的女王有多美，他们的王后就有多丑。我从前还为彭特犯了不少嘀咕，真够傻的！不过我还是有一个小小的担心。水手郑重其事地告诉我，回底比斯的路途十分艰难，从彭特往底比斯走，总是既不顺风也不顺水。这是真的吗，还是他们为了吓唬我，才胡编了这番话？

夏季3月24日

亲爱的莎草纸卷，我还是没找到配得上陛下的狗，这让我很着急。不过现在我采起种子、叶子、花朵来可是得心应手。我把它们放进小布袋，或者晒干，奥里站在一旁，一边指点我干活，一边向我解释，这些种子、叶子和花能做成很好的药方、药水和油膏。他常说对我的工作很满意，听到这话我很高兴。

还有一件高兴的事，我已经有11天没看到帕谢德了，连他的声音都没听到。要是他被蛇咬了，被狮子吞了，或者被倒下的树砸死了，那就再好不过了！管他呢，他死总比我死好。

夏季3月25日

还是不见帕谢德的影子，他是不是已经去冥界见奥西里斯了？真是这样，那回去的时候谁来驾船呢？回程可是既不顺风也不顺水啊，我们需要他……似乎有一队人去了南边，好几天都没回来。他是不是一起去了？但愿吧……真的，我希望他一起去了。我亲爱的莎草纸卷，你应该发现了，我现在居然盼望着我最大的敌人平安回来。我是不是快疯了？

□
〰〰〰

夏季3月26日

今天热得吓人，我觉得喘不上气，一丝风也没有。我大罐大罐地喝水，却吃不下一点东西。我不饿，就是渴。夜幕降临，我却睡不着。我浑身是汗，弄得席子黏糊糊的。我喝了很多水，我抬头望着无垠的天空，月亮几乎是红色的，无数的星星守卫在它周围。我还渴，我又去喝水了。根本睡不着，我就写日记了。唉，笔尖的墨水干得实在太快。莎草纸卷，我的朋友，我没法写下去了。我还是把你放回盒子里吧。

夏季3月27日

天刚蒙蒙亮，我们就出发了。这会儿虽然没晚上那么闷了，可还是很热。伊内尼走在队伍最前面。我一夜没睡，本以为自己会精疲力竭，寸步难行；还好有驴子，我紧抓着一头驴子的尾巴，勉强能跟着它走。又是累人的一天……快到中午时，我们找到了没药树，我还以为可以早点回去呢，结果大失所望。伊内尼还要朝前走。他不怕热吗？看样子不怕。

我跑到一边小便，却在草地上看到了一群奇怪的动物。骄阳毫不留情地灼烤着岩石和树木，它们就站在那里吃树叶。它们的脖子特别长，真滑稽。原来这是长颈鹿，因为脖子长，所以能吃到高树上的叶子。我本想偷偷地跟着它们，结果没藏好，让它们发现了。它们停住嘴，竖起了耳朵。我赶忙一动不动地屏住呼吸……

这时，有人突然喊道："米内迈斯，你在哪儿？米内迈斯？"

长颈鹿纷纷逃跑，伊内尼找了过来，他看起来很生气。

一见我，他就大声责备道："以后不许你这样擅自离队！没有武器，没有保护，简直疯了！野生动物很危险的……你难道忘了眼镜王蛇吗？"

我赶忙道歉，保证以后再不这样了。

他的语调平缓下来，继续说道："别激动。长颈鹿是很好玩，我知道你总是听人说，从来没见过，所以特别好奇……不过我们也要带长颈鹿回底比斯的，你可以在回去的路上尽情欣赏它们。"

我一听这话，立刻破涕为笑。我想象着，图特摩斯看到这些奇妙的动物该有多高兴，然后我又记起了我对法老的承诺，便对伊内尼说还要给法老带几只狗回去，至少得带一只。

伊内尼又发火了："米内迈斯，要是你再敢多说一次这件事，哪怕一次，你就等着挨罚吧！你怎么能以为我忘记了国王的嘱咐呢？哪怕是他最小的心愿，我也时刻牢记！也许陛下和你是朋友，可你别忘了，他也是我的法老。我绝不会做让他不开心的事。"

我只能低头看着脚尖，我赤着的双脚满是伤口和灰尘，脏兮兮的。我知道自己又说了蠢话，伊内尼说得对。

"常常在茅屋边上转悠的大白狗，陛下一定喜欢。它们又高又大，聪明可爱，又是打猎能手……你想带几只就带几只。不过不准再和我提这件事，听到没有？"

回去的路上，我一句话也没说。还好今晚起风了，我终于能睡上一觉了。

夏季4月2日

今天下午，我们凑巧碰上了另一队人。他们负责勘探地形，无论高低起伏都要——仔细测量记录，好绘制一张新地图，上面得标出所有的道路、村庄、海岸边危险的礁石……他们还画下了这里独有的圆屋子，它们的顶是尖的，而且不着地，看起来很可笑。彭特的屋子是建在木桩上的，要是一个彭特人想回家，还得爬梯子上去。彭特人怪可怜的，天那么热，他们的屋子却没有平屋顶，没法享受夜晚的清凉。亲爱的莎草纸卷，这就是我睡觉前想对你说的话。我们的猴子挺好的，小不点儿还在长个，我觉得它已经认识我了。啊，对了！我们还找到了两棵特别好的乳香树。伊内尼和奥里高兴极了，晚上奖了无花果干给我们吃。我好好地美餐了一顿。

夏季4月4日

十几天以前，我们选了一些乳香树来收集乳香，入选的都是最粗壮的，几乎比我的腰粗三倍。精通此行的彭特人先在树干上挂一个棕榈叶做的卷筒，然后在卷筒上方剥下一块细长的树皮，再刮一刮裸露的树心，然后……树脂就慢慢地流了出来，滴进下方的卷筒。今天，我们又找到了这些乳香树，卷筒里早已盛满了接触空气而凝固的树脂。我们装了满满一大箱。

至于没药，收集的方法就更简单了。没药树的树脂会自己渗出树干，好像一滴滴黄色的眼泪挂在上面。直接采下来就行，用不着剥树皮，也用不着等。我们又装了一箱。

总之，我们今天回营地时，可是带着真正的宝物呢！这宝物一定会让众神和君主感到自豪的！

夏季4月5日

　　我本来以为今天上午会平安无事，我想错了。早上，一切还好好的。我睡了一夜安稳觉，起来以后吃了一片既没有沾土也没有被蚂蚁啃的面包。早上的凉爽天气让我精神一振，我一边哼着小曲，一边帮奥里整理莎草纸卷，上面写满了字，描述了彭特各种各样的植物，我们得把它们全部放进狭长的陶土盒子里去。

　　他把盒子关紧、封严，然后对我说道："拿上两个盒子，跟我来！我们得把它们放到船的后舱去，那里比较安全。"

　　我跟着他上了他的船（船队里的第三条）。我爬上舷梯，跳上甲板……然后我什么都不记得了，只记得脑袋上结结实实地挨了一下！等我醒过来，我已经躺在桅杆边上了。奥里在离我不远的地方和一名医生书吏说着话。

　　他看见我醒来，马上安慰我道："小不点，没事儿的，你的脑瓜结实着呢……应该不疼了吧？还怕不怕？你看到打你的人了吗？"

没有，我什么都没看见。但我敢肯定，又是帕谢德干的。我知道是他，我闻得出他身上的汗味。哦，尊贵的图特摩斯！我该如何保护自己呢？这个该死的舵手每次都打完我就跑，一点痕迹也没留下。要是我说是他干的，他肯定会倒打一耙。要是我一直沉默下去，恐怕就会像河水泛滥时无处可藏的小耗子那样必死无疑。

夏季4月7日

我获准在营地里休息两天，好让我头上的包消下去。医生日夜不停地照顾着我。所有的人都对我特别好，连帕谢德也是……真的是他干的吗？现在我都吃不准了。亲爱的莎草纸卷，还好我没揭发他。

趁着难得的假期，我和猴子宝宝好好地玩了一回。它妈妈认识我，所以也不管我们。我用绳子牵着它，一直散步到村子那边。小东西走得很好。我们经过一户人家时，屋子旁边有一只狗妈妈带着它的三个孩子，一个个都长着白毛，眼睛骨碌骨碌转得很灵活，可爱极了；不过小猴子见了它们，立刻跳到了我身上。我凑过去，给它们吃了一点我的面包，它们很喜欢吃。明天我还要来看它们，我是不是终于找到配得上国王图特摩斯的狗了？

夏季4月8日

我们已经物色了足够多的乳香树和没药树，等走的时候带回底比斯。所以，内厄西今早给了我们新的任务：抓些野生动物，好放到哈特谢普苏特的动物园去。我喜欢这个活，我头上的包已经消了一半，我感到劲头十足，心情愉快，迫不及待想重新归队。

我们从营地出发，走了一个钟头，然后在两棵粗壮的大树间挂了一个网，好堵住猎物逃跑的路。然后我们在两棵树之间放一只死鸟作诱饵。陷阱布好了。一根长长的绳子连着网，只要一拉，网就会落下，伊内尼确认绳子固定好以后，大家就都走开了。

他拿着一根亚麻带子，把带子的一头塞到我手里，命令道："爬到树上去！千万别松手，我拿着带子的另一头，要是你看到有动物过来了，就使劲拉一下带子，我马上能感觉到。这是捕猎开始的信号，记住，千万别出声。"

说完，他就一声不响地和其他人离开了，留我一个人坐在一根很高的树枝上等，真漫长。终于，两只带漂亮斑点的豹子过来了，它们闻到了诱饵的香味，我赶忙用力扯了一下手里的带子。马上有人拉动了长绳，落下的网把两只豹子罩住了。它们瞪着黄色的眼睛，目光恶狠狠的，锋利的牙齿像钢铁那么坚硬，还有可怕的利爪。它们挣扎了很长时间，好不容易才把它们捆住。

临近中午，我们又抓住了一对长着钩形喙的大鸟。抓它们可比抓豹子容易多了，这会儿，我写日记的时候，夜晚的黑暗中还传来它们的鸣叫声。它们被关在笼里，非常焦躁，所以一刻不停地叫着，直到精疲力竭。晚上给它们喂的食特别好，整整一个羚羊骨架。可它们一口也没吃，它们只想自由自在地生活！

夏季4月10日

我们船甲板上和营地里的宝物越来越多了：鸵鸟毛、鸵鸟蛋、和我一样高的象牙、装满金子和琥珀金的篮子、乌木、黄连木树脂、装满香料的袋子（最多的是肉桂粉）、成包的种子、猴子、豹子、鸟……我觉得回去的日子就快来了。我们必须抓紧时间。内厄西特别着急，不停地催着我们，他大声吼着，要是大海起浪，再加上逆风逆流而行，就惨了。可恶！我们的船有可能连着我们一起沉掉，还有里面无数的宝物！看样子水手没有骗我。要是船真的沉了，我们的君主一定会很受打击……更不用说我们会有多悲惨了。

奇怪的是，这次我不像在底比斯时因为担心而睡不着觉。难道是因为我每天走得太多，太累吗？不管怎么说，能睡好觉总是好的，我猜这大概是因为我豁出去了，除了面对汹涌的大海和炎热的沙漠，我还有别的选择吗？再说了，我可不想一直生活在彭特，我要回家。

这些天以来，我总是和其他人待在一起，帕谢德没来烦我。他既没有在我路过的地方吐口水，也没有骂我，既没有威胁我，也没有打我。我一直在努力，想让伊内尼告诉我帕谢德的过去，可始终没成功。不过有另一件事让我很高兴，今天，天黑的时候，我去了村里，又见到了大白狗和它的崽子。其中最可爱、最活泼的一只还跑过来迎接我呢。它快乐地跳着、叫着，轻轻地咬着我的小腿，还不停地摇着尾巴。我觉得把它带给法老再好不过了。晚安，亲爱的莎草纸卷。

夏季4月12日

昨夜真可怕。营地被蚊子袭击了！它们趁我们睡着的工夫，尽情地叮着我们裸露的肩膀、手臂、腿……我们疼醒了，拼尽全力才把它们赶走。可不久以后，这些虫子又对我们发动了第二轮攻击。太惨了！天亮的时候，我都数不清身上有多少蚊子叮咬后所起的肿块了。更惨的是，连涂油膏的时间都没有。伊内尼大叫着集合。不管睡没睡好，都得出发。

亲爱的莎草纸卷，我不会向你隐瞒任何事，整个上午，所有的人都垂头丧气的。奥里默默地抓着痒，伊内尼低着头往前走，剩下的人简直不像是在走路，而是拖着双腿朝前挪。我比他们动作还慢。忽然，树丛里冒出一只奇怪的动物，又肥，又大，灰色的，可怕极了。我本以为河马是世界上最丑的动物。原来我错了！

这个庞然大物的眼睛却小得可怜，还直勾勾地瞪着我。要是现在能和大家在一起该多好啊，我真不该一个人在最后面磨蹭，简直比乌龟还慢，后悔已经来不及了。

我应该原地不动，后退，拼命逃跑，还是试着与它对话？不知道。

危急关头，我突然听到了奥里压低的说话声："别动，米内迈斯，犀牛很有可能会攻击人。"

他什么时候来的？奥里站在怪物和我之间来保护我，他的手在抖。伊内尼一声令下，五个人拿着长矛、刀子和匕首扑了上去。喊声，树枝折断声，犀牛的尖叫声，还有一大片灰尘……最后，我终于可以好好地看看这只已经被捆起来的动物了。硕大无比的身躯，皱巴巴的皮，鼻子上还顶了个滑稽的角。

夏季4月16日

我今晚回来的时候，又被吓了一跳。有人打开了我的行李，把里面的东西扔得到处都是，还偷走了我的宝贝：五个珍珠贝壳、一块黑石头、几支彩色的羽毛笔，其中就有公主送给我的那支。谁干的？帕谢德？我还是没有证据。

　　为了减轻一点我的悲伤之情，我想和猴子宝宝玩一会儿——不行，它睡着了；那就去找村里的小狗吧——太晚了，天已经黑了，士兵禁止我离开营地。我只能铺开席子，躺了上去。我太难过了，既不想吃东西，也不想写日记，我正伤着心，突然，一个湿漉漉、热乎乎的东西弄湿了我的脸。天上只有一轮弯弯的新月，发出暗淡的光。我什么都看不见，还以为又是一次可怕的袭击，这时，一个毛球一下子滚到了我的肚皮上。原来是我最喜欢的那只小白狗！它用粗糙的舌头把我舔了又舔，我也把它摸了又摸，然后它就躺在我身边睡着了。亲爱的莎草纸卷，我写这些话的时候，格外留心，我不想吵醒它。我丢了几个宝贝，不过今晚我有了一个新朋友。

夏季4月17日

　　小狗一整晚都和我待在一起。唉！它太小了，没法跟我们走，我只好把它留在营地。当然，我也想过把它偷偷塞进驴驮着的篮子，不过要是伊内尼发现了，一定会很生气。离开它我真难过，而且还很担心，等我回来，它还会在吗？很有可能就不在了，它要去找妈妈的……为了说服它等我回来，我和它讲了坏蛋如何偷走了我行李里的宝贝，我想让它替我看包。

啊，太好了！太阳下山了，可爱的小狗还在。我真高兴啊！它绝对有资格去王宫觐见图特摩斯陛下！

夏季4月20日

今早，内厄西向所有人宣布："出发的日子不远了！你们现在去采集保鲜的植物，带回营地。"

听了这话，我的心跳加速了，我既为未来的旅行焦虑，又感到快乐。我们早早地动了身。伊内尼和奥里走在最前面，我跟在后面，心想我们是不是要去找那些已经"定位"好的树。我也不知他们用了什么方法，总之，他们不费吹灰之力就带着我们找到了那些树!

彭特人开始挖树,奥里叹了口气,说:"光是把这些树连着根和土挖出来,就已经很困难了。还要走那么多路,把它们带回底比斯……"

挖树的彭特人唱起了歌,歌词我一句也听不懂,旋律却很动听。

忽然,奥里大吼起来:"那边的家伙,小心啊!蠢货,你们铲到根了!绝对绝对不能伤到根啊,否则它们在海上、在沙漠里就会死的。翻译,快给我翻译!"

说话声音很轻的翻译书吏平静地转达了奥里的话。奥里有多生气,他就有多平静。彭特人叹着气,放慢了挖树的速度。有只鸟在我们附近叫,我听得见,却看不见它在哪儿。

伊内尼凑到奥里的耳边,悄悄地说:"我觉得,让我们的人挖树更好,我早就和你说过了。彭特人巴不得弄坏树根,让它们在半路上就死个精光呢。你太天真了,我的朋友!"

奥里火大地回答:"你干吗总是把事情朝坏

里想！"

伊内尼接着说："好好想想吧。要是我们在埃及也种出了乳香树和没药树，彭特国王就丢了一笔大生意，不是吗？也难怪他们挖得这么快、这么糟了。"

奥里对我们的士兵下了命令："快去帮彭特人挖树！"

一直到中午时分，总共挖出了五棵树，把它们分别放进大篮子就又花了一个钟头的时间。

一切就绪，伊内尼喊道："每棵树，前面三个人，后面三个人。把木棍插到篮子把手里……好……听我命令……起……好，出发！"

大家走得摇摇晃晃。抬树的人被压得不轻，棍子都弯了，树左右摇晃着。我的任务是用一根长棍拨开挡路的树枝，好让我们的树不受伤害。多亏了我，一路上，它们一片叶子也没掉！

一回营地，我就直奔我放行李的地方，真希望小狗还在，我心里却觉得不太可能。咦，我看花眼了吧……有两只小狗，它妹妹也来了。真走运！国王会很高兴的。我要把这两只漂亮的狗都献给他，一只公

的一只母的，以后它们还能生出和它们一样棒的狗
崽呢。

夏季4月24日

我们每天挖五棵树，要么是乳香树，要么是没药
树，截止到今晚，我们已经有25棵了。这还只是我
们一个队的成绩！结果是，我累扁了，既没有力气和
小狗玩，也没力气写日记了。

夏季4月25日

我度过了郁闷的一天。

今早，内厄西对我说："米内迈斯，你今天留在
营地。挖树的时候，你总是无聊地晃来晃去，还不如
去把这几张豹子皮刷刷干净呢。一根草都不能有，最

小的石头粒也不能沾在上面，刷完以后拿来给我看。"

我只能按他说的做，我快速地瞟了敌人帕谢德几眼，以防他对我做什么坏事。令我惊讶的是，他居然一次都没凑过来。他看起来很害怕，可他在怕什么呢？还是他在怕某个人？谁呢？我一直没想明白，直到我的小狗瞪着他叫起来，我才恍然大悟。帕谢德怕我的狗——可笑至极，可这是真的！不过我要是他，也会怕的；只要他敢动我一根毫毛，我的两个贴身侍卫一定会毫不犹豫地冲上去，尽最大的力气好好咬他一顿。

举行祭祀时，这些豹子皮会派上大用场，我把它们刷得纤尘不染，然后拿给了内厄西。

他一边检查豹子皮刷干净没有，一边问我："有几张？"

总共有 12 张。他很满意，派我去书吏梅纳那里帮他称货。金子、没药、乳香、黄连木树脂，都得称分量，梅纳仔细记下每次称出来的重量，称好的货物被小心地放进箱子和篮子里。士兵在一旁看着我们，人手很多，可还是干到了晚上。称重、记录、装箱，真够麻烦的！这些东西每搬运一次，都得重新核对分量……当心小偷！

夏季4月27日

在营地，我的小狗一直跟着我，一天24小时保护我免受帕谢德的伤害。亲爱的莎草纸卷，我可是松了好大一口气啊！我现在唯一担心的就是回程。我知道，我怕这怕那的毛病是改不了了。

夏季4月29日

今天是我们在彭特的最后一天！明天就要出发了，我真不敢相信。内厄西下令，运货上船时要安静、有秩序。可是大家都兴奋极了，到处是叫声和笑声，大家手忙脚乱，也有人大发雷霆。男人们来来往往，把篮子、箱子、罐子、袋子、关动物的笼子、装着树的篮子搬上船去。木制舷梯在他们脚下嘎吱作响，不过它们都很结实，没有一根断的。伊内尼让我管着我们的船，让他们把货物尽可能整齐地堆在甲板上。

他对我说："所有的空间都要利用起来，好把最多的宝物带回底比斯。你只要发现有人不听话，不管是谁，只管来找我，我就在不远的地方。"

有了我的小狗，我再也用不着怕帕谢德了。他一直在船头卖力干活。尽管我很累，天气很热，苍蝇很多，我还是很高兴，因为我就要见到舅舅、图伊和我的朋友了，尤其是图特摩斯，我的法老。傍晚时分，内厄西与国王帕雷乌、王后伊蒂作了简短的告别。最后一番客套话，最后的礼物，最后一次祈祷和献祭，在彭特的最后时光，也许我以后再也不会来彭特了。想到这里，不知为什么，我心里很难过。晚安，可爱的莎草纸卷。下一次我写日记的时候，我们肯定已经远离彭特了。

夏季4月30日

　　清晨，平静的大海闪着光，像油面一样光滑。苍蝇变着法子烦我们。所有的船都已超载，现在还要加上彭特人，有男人、女人、孩子，他们要和我们一起去底比斯。他们会学习我们的语言，去学校上学，他们也许会成为翻译书吏，或者负责照顾乳香树、豹子、长颈鹿，或者……好吧，其实我也不知道为什么他们也要上船。显然，他们一个个都很悲伤。但他们再过不久就会重新找回笑容。他们会喜欢埃及的，没有人不喜欢埃及，我的祖国。我把两只小狗抱上了船，它们用不着像野生动物那样，关在笼子里。猴子也不用。

　　一轮红日在天边升起，内厄西下令出发。还是他的船打头，我的船紧随其后，其他三条船开在后面。划桨声和动物惊恐的叫声响成一片，船晃动着，它们脚踩的"大地"居然在动！我的小狗虽然没叫，也趴在了甲板上。我长久地望着一点点远去的海岸，想把一切印在脑海里：树也好，人也好，还有他们滑稽的圆茅屋。别了，彭特！我都快哭了，因为……我也不知道为什么。我们的回程开始了。

愿万能的阿蒙神和众神保佑我们！

泛洪季1月2日

去彭特的路上我无事可干。现在，我连写日记的时间都没了。对不起，亲爱的莎草纸卷。要干的活太多了。伊内尼让我照顾我们船上的植物和动物：六棵乳香树、三只豹子、两只小狗和五只猴子，其中还有猴妈妈和它的孩子！我每天都得给它们喂食、喂水、浇水。还得清扫它们的粪便，打扫它们的笼子。到目前为止，一切还算顺利。帕谢德也忙得要命，不过他也尽可能躲开我。海上很平静，因为没有风，水手们只能在酷热中划桨。他们都说回去的路途艰难，我看一点也不艰难。

泛洪季1月6日

我的大话说得太早了。太阳刚升起来，海上就起浪了，一波连着一波。风打着转，我们的船被激烈的水流冲得失去了方向。大海像沙漠的狮子一样怒吼着，吓坏了所有的人和动物。我也很怕，我的心随着船的七上八下也提到了嗓子眼，还好我没吐。我真想堵住耳朵，不要再听任何声音，不管是船木的嘎吱声，绳子的吱扭声，还是动物的呜咽声。帕谢德拼尽全力保持航向，可他能行吗？我们迷路了，我们的日子不剩多少了。我可不想这么早就去冥界和我的父母相会，虽然我很想念他们。有时，我闭上眼，却怎么也记不起我父亲长什么样。我只记得他很高，我常和他手牵手，在底比斯的街上散步。他人很好，每晚都给我讲一个故事。我最喜欢的故事是《狮子、人、老鼠》，因为他把动物的叫声模仿得惟妙惟肖。每次他说到为了生我而死的母亲，都会哭……一阵可怕的狂风迎面扑来，我的思绪被生生打断了。

现在，除了念避邪的咒语，紧紧抓住舅舅给我的护身符，还能干什么呢？但愿护身符显灵！但愿众神保佑我，保佑我们这些可怜人！我不想写了。我也不能写了。

傍晚

我居然还活着，莎草纸卷，我的朋友，真是奇迹。现在，我要给你讲完这可怕的一天。我现在还听得见大海的怒吼，就在离我不远的地方，不过我是安全的。还好我们把货物牢牢地固定在了甲板上，包括笼子和放树的篮子，没有一样东西落水。刚起浪，我就把小狗放进了篮子，再用大箱子罩住。不过我还得抓住猴子，把它们拴在大桅杆上，以免它们淹死。我试着唤它们过来。没用，它们听不见我的声音吗？为了引它们过来，我咬开了一个无花果干，然后等着。等了没多久，就有一只猴子靠了过来，想偷果子。我动作比它快，抓住了它的爪子，把它系在了桅杆上。我不怕被它咬，因为这些猴子的牙已经被我们磨钝了。这招真灵，我把所有的猴子都抓住了，自己还饱餐了一顿！没有一只猴子落水。

泛洪季1月7日

巨大的海浪向我们的船涌来，简直要把船打翻。风似乎更猛了。我真想像猴子一样抱着桅杆不放。最好再有根绳子拴住我，好让我不要掉入大海……我的尊严不许我这么做。我怕得要命，缩到一棵乳香树底下。风暴里，这棵树居然只掉了几片叶子！别担心，亲爱的莎草纸卷，我把你抓得牢牢的，你不会飞走的……突然又来了一阵可怕的狂风，我改变主意了。不写了，我要把你放回盒子里。

泛洪季1月8日

一直等到晚上，我们靠了岸，天气没那么糟了，我才找到写日记的机会，唉，风还是很大。离我不远的地方，海浪拍打在岩石上，激起可怕的浪花。我们在海浪里摇来晃去已经三天了……我们是在朝埃及走，还是去世界尽头？我们在风暴里还能保持航向吗？埃及在何方？……那边，迎接泛洪季的节日已经开始了。肯定的。我闭上眼，堵上耳朵，仿佛看见尼罗河漫出了河床，既缓慢又庄重。我仿佛听见舅舅逢人就说："有个好的泛洪季，就有好收成和好日子！"这一切都这么遥远，像是上辈子的事。一场梦……眼下是大难临头。

泛洪季1月9日

我总怕从甲板上滑下去淹死，真是蠢，害得我把保护乳香树的事忘得干干净净，好好挨了奥里一顿训。

他愤怒的目光射向我，严厉地说道："米内迈斯，你脑子里还剩什么？什么也不剩！你知不知道，海水就是植物的毒药？倒霉鬼，你该为此负责。你本该好好地照顾它们，而你只会发抖。快点，勇敢点。用淡水把它们的叶子一片一片擦干净，然后用布罩住，这样不会挡住阳光。你得自己想办法，动起来！……我那么信任你。我也没空照顾每条船上的植物啊。"

说起来容易，做起来难。不过我还是尽力弥补了我的过错。我可不想为六棵乳香树的死亡担责任。女王会怎么想呢？还有我的国王、我的朋友图特摩斯？忙了几个钟头，我终于用船帆把它们包住了，那从前可是给我们遮太阳的啊。

泛洪季1月10日

亲爱的莎草纸卷，还有什么好写的呢？我们都要死了。哦，埃及的众神啊，发发慈悲吧！带我回到我的祖国，回到法老美丽的王宫吧！求你们帮帮我！

泛洪季1月11日

　　早晨，天放晴了，风平浪静。五天的折磨之后，终于迎来了好天气！水手升起船帆，帕谢德和伊内尼站在船头说话。他们在说什么？难道我们在翠海上迷路了？……为了冷静下来，让自己有点事干是最好不过的方法。我先把猴子解开，它们翻了几个筋斗对我表示感谢。小猴子更是跳上我的肩，又跳上我的头，对我亲热了一番。它太可爱了，尊贵的哈特谢普苏特一定会喜欢它的。然后我和小狗玩了一会儿，其实叫它们小狗已经不合适了，它们长大了不少，腿更长了，嘴也是。至于它们的牙齿，绝对足以让我的敌人帕谢德退避三舍。

泛洪季1月12日

　　奥里今天又把我骂了一顿。我忘记把包着乳香树的布解开了。

他气冲冲地数落道:"你就会一边七想八想,一边看海豚。我前几天不是已经告诉过你这些植物有多重要了吗,你这么快就忘了。我该拿你怎么办?我还能说什么?"

我很想从胸口挤出一句"对不起"。

他继续说道:"米内迈斯,我和你说话,你都不敢看我了?犯了错误就要承认。学校里所有的学生都要背'世界元初,太阳神造了人、众神和动物。他给了人路,让他会走;还给了人心,让他变活。他给人不同的肤色,好把他们区分开来,他还创造了……'接着背,米内迈斯!"

我的脸红得发烧,喉咙异常干涩,一个字也说不出。其实这段话我记得很清楚,想做好书吏,必须把这段话倒背如流。

"我听着呢。"他催促着。

我终于说出了口:

"……'他还创造了花、草和树,尼罗河的鱼,鸟和爬行动物,还有洞里小鼠的美餐:昆虫。'"

"好,小不点。永远别忘了'花、草和树',它们可是神创造出来的。"

我忍住了泪，赶快去照顾植物。我都这么大了，
不能再哭了。

泛洪季1月29日

没有风暴的时候，大海可真美！又来了三条海豚
在我们船边跳舞。它们跃出水面，动动嘴巴，又沉入
水底，然后在更远的地方重新跳出来。不过，在我看
海豚之前，在我"七想八想"之前，这是奥里的话，
我先得照顾树和动物。我可不想让他再骂我一顿。

泛洪季2月2日

海豚一直跟着我们！它们和我们的船一样快。
真是游泳健将。黄昏时分它们才走，它们也要过夜
啊……它们睡在哪儿？是睡在铺满沙子的海底，还是
睡在珊瑚洞穴里？睁眼，还是闭眼？鳍是不动了，还
是动着？它们打呼噜吗？也许它们从来不睡觉，就像

神圣的太阳神一样？吃完晚饭，我去问伊内尼，他沉默了很久。

最后他终于开口了："我也不知道，米内迈斯。等我们回了底比斯，去问你老师，他们知道的比我多。"

他的脸上露出我从没看到过的窘迫神情。

他又说道："不过，我倒是可以给你讲一个有趣的故事……传说，有一天，海豚离开了大海，来到了尼罗河。鱼儿纷纷躲开它们，鳄鱼却决定把它们赶走。开始，海豚只是躲避着鳄鱼的牙齿和尾巴。然后它们开始反击。它们沉入水底，用背上的刺划开了鳄鱼肚皮上最嫩的肉，这也是鳄鱼致命的弱点。鳄鱼不是死了，就是逃了，总之海豚大获全胜！"

这个故事真神奇，可它是真是假？这又是伊内尼和我开的玩笑吗？等我回底比斯，一定要把这个故事告诉我老师……不过我不知道还能不能回去。神庙学校对我而言已经那么遥远了！我感觉它根本就不存在，似乎我以前的生活就是一场梦，一场美梦。

□
〰〰〰

泛洪季2月9日

　　亲爱的莎草纸卷，每天的日子都大同小异。大海，还是大海，永远是大海，浪花，骄阳，还有鼓动船帆的微风。晚上，当我在陌生的海岸睡觉时，有一种很奇怪的感觉。我为自己还活着而惊讶。不，不是惊讶，是庆幸。

泛洪季2月14日

　　今天船上出了大事。小猴子居然打开了一个篮子，它明明关得很严实才对。小猴子吃里面的面包时，谁也没看见。那可是整条船的早饭！它把大的吃了，小的给了其他猴子和小狗，豹子什么也没吃到。它很小心，从不靠近豹子的笼子。最后，它把剩下的面包扔进了大海。我还是被面包坠海的声音吸引过去的，可惜已经太迟了。

泛洪季2月18日

给动物喂食，浇树，清扫粪便……这是书吏学校的学生应该干的活吗？我舅舅把我送到神庙学校难道就是为了这个？他要是看见我现在的样子，一定火冒三丈。

泛洪季2月22日

离开彭特后，我就一直在琢磨着给小狗取个名字。我已经开始训练它们了，但它们总搞不清楚我在对哪一个下命令。结果：要么两只一起来，要么两只都不来！尊贵的图特摩斯可不喜欢这样，我不能让他失望……

得赶紧给它们取名字了。所以我决定，第一个来找我的小公狗叫"彭特"，好纪念这次探险。至于它妹妹嘛，因为它的毛颜色更浅些，就叫它"巴克"吧，意思是"浅"。现在我终于可以教给它们什么是服从了。

泛洪季2月28日

临近中午，天气又变糟了。风起浪涌，海豚走了，也许再也不回来了。海上航行真是没完没了……为什么向北行驶要比向南行驶花的时间多呢？埃及——彭特或者彭特——埃及，距离不是完全一样吗？我怎么也想不明白，却不敢问伊内尼。他肯定会耸耸肩，不耐烦地说：

"又来了！求你别再问些乱七八糟的问题了好不好。你没看到我很忙吗？"

我继续训练小狗。彭特和巴克进步很快。三次命令里它们能服从一次。不过只要帕谢德稍稍靠近我，它们就会一起大叫。它们长得越大，就能越好地保护我。真棒！

　　风暴已经持续好几天了。这次比上次还糟，大海把我们从左摇到右，从右摇到左……我把猴子拴在了桅杆上，把小狗放到安全的地方，又把乳香树包好，这才躲到船后舱去。我一件事也没忘，奥里不会再骂我了……船从早晃到晚。我很恶心，费好大的劲才能写日记。我用颤抖的手一个字、一个字地写着，我要绝对服从法老的命令。我的注意力却没法集中，风呼啸着怒吼着，让人产生许多不祥的念头……不祥的念头强有力地占据了我的脑子，怎么也赶不走。哦！亲爱的莎草纸卷，我们随时可能沉没。

●

泛洪季3月9日

风暴比昨天更厉害了。我很惭愧，昨天，我一直哭到晚上。哭一通，好受多了。莎草纸卷，我的朋友，我的知己，还能对你说什么呢？什么也别说了。我不能活着回去了。以后也没人来读你了，海里的鱼没有学校可上。

泛洪季3月11日

快到中午的时候，突然起了一个像王宫那么高的巨浪，淹没了我们的船。水手们大声祈祷着，与豹子、猴子的惊叫响成一片。

"哦，万能的阿蒙神！你听到不幸者的呼唤了吗，伟大的神啊，救命啊！"

我的眼泪已经流干，嗓子已经喊哑。我在极度的恐惧中抱住彭特和巴克，等待着死亡的到来。伊内尼在离我几步远的地方一言不发，脸色惨白得像木乃伊。他也在发抖。他现在还有什么要对我说的，除了"永别"？

过了一会儿

哦，阿蒙神，伟大的神，谢谢！在你的命令下，大海平静下来。它不会吞掉我们了……在你的命令下，风也停了。它不会掀翻我们的船了……好吧，至少今天不会。

泛洪季3月20日

我喜欢让海水咸咸的湿气拍打我的脸颊，或者让海风吹拂我的头发。我干完了活，就去看翠海里的鱼，或者和小狗玩。船上没有足够的空间，不过每晚靠了岸，我都认真地训练它们。莎草纸卷，我的朋友，有个很棒的消息要告诉你，彭特和巴克已经很听我的话了。

泛洪季3月27日

几天以来，大海一直像油面那样平静，我对此很满意了！尽管天气酷热，我还是很高兴，我的心又重新燃起了希望。如果没有第三次风暴，我就能回底比斯了。愿阿蒙神保佑我们！

我看着帕谢德站在船头，冷静而专心地提防着珊瑚礁，总忍不住问自己，他为什么那么想让我死。还有，他最近怎么不攻击我了？要想杀我再容易不过了。我要是他，我会这么做：一、除掉让他害怕的小狗，给它们的食物下毒；二、过几天，用同样的方法除掉我……可是没有，帕谢德没来暗算我。他是在等待更好的时机下手吗？他正在酝酿一个可怕的阴谋吗？还是说，他找不到毒药？

泛洪季3月29日

自从上次风暴以来，我们再也没看见海豚，真可惜。我希望它们没有在海底迷路，希望它们没有淹死……不，它们怎么会被淹死，它们本来就生活在水里。与其净写傻话，还不如不写。对不起，亲爱的莎草纸卷，我今天太傻了。再见！

泛洪季4月2日

今天下午最热的时候，船帆呼呼作响，海鸥在天空盘旋。这时，突然传来帕谢德的喊叫：

"看到翠海的码头啦！"

我的心高兴得要炸开似的，赶忙跑到船边，两只小狗也跟了过来。我远远地望见岸上有几间破烂的草屋，看一眼就能认出来，这正是我们的码头。我长久地望着，一动不动，着了迷似的。船沿着海岸线一路行驶，我飞快地写了几行日记。要我说，实在开得太慢了！我迫不及待了。真希望已经到了码头。接下去就不会再有晃来晃去的感觉了，日日夜夜都能脚踏实地。感谢众神，我回到祖国了。

过了很久

过了好久好久，我们终于靠岸了！

泛洪季4月3日

昨晚真美好。内厄西作了精彩的发言，他说到了勇气、困难和力量。他祝贺我们，希望我们坚持下去，因为三个月的海上航行之后，紧接着就是沙漠。然后他居然笑了，这实在太难得了。他举起了啤酒杯，请我们放开肚皮吃喝。我们当然欣然服从。

泛洪季4月5日

干不完的活！又得再一次把船上的货物搬下来，

再把所有的东西放到驴背上、脚夫背上。不管是驴
还是脚夫，都大大超载。我尤其同情背树和背豹子皮
的脚夫。内厄西准备如何让长颈鹿、犀牛和长角牛穿
越沙漠呢？管他呢！反正我已经身在埃及了，这里是
我的祖国，我的爱，我的幸福，要是沙漠没有夺去我
的生命，我就能回到底比斯啦。我没有去时那么害怕
鸽子谷了，因为我已经走过一次，那我肯定能再走一
次。还是说，我没以前那么胆小了？

泛洪季4月9日

　　明天就要走了，睡觉前，我去和翠海告别。也许
我今生都再也看不到它了。我在沙滩上捡了几个珍珠
贝壳，有螺旋花纹的，或是彩色的。不要太大的，免
得我的行李太重。我可以把它们送给朋友、舅舅、老
师，还有伊内尼和奥里，他们对我那么好。最漂亮的
一个，能反射出红光的，我要把它送给法老。我一
路上想死图特摩斯了。我现在明白了，朋友是多么的
宝贵。

泛洪季 4 月 13 日

我又回到了可怕的鸽子谷，又开始在沙漠里赶路。长途旅行后的疲劳，再加上得干许多新的活，我们走得比去时还要慢。我们需要很多很多的水，不仅人和驴要喝水，还要浇乳香树和没药树。至于动物，要给它们水喝，给它们打猎物吃，或者给它们喂草和树叶，这种东西在这里可够难找的。内厄西真是一名出色的总管，没有问题能难住他！

泛洪季 4 月 17 日

我差点把自己的生日给忘了！平时在家谁也想不起这件事，不管是舅舅还是图伊。这也正常，又长了一岁，没什么好庆祝的。不过是还好好地活着罢了。带来疾病和死亡的母狮女神塞克荷迈特没有派使者找你，仅此而已……总之，这个月，我 11 岁了。我也不知道生日到底是哪一天，反正无所谓。不过，通过观察缠腰布的长度，尤其是和我膝盖的位置一比较，我发现自己不仅又长了一岁，还长了不少个子。我从底比斯带了三条缠腰布，现在只剩一条。它不仅太短，而且经大海的咸水泡过、岩石磨过、带钩的植物挂过、小狗咬过，已经破得不成样子了。彭特和巴克很精神，它们毫不费力地在沙漠里小步快走，只要我伸伸手指、抛个眼神，它们马上就会服从。

泛洪季4月21日

我们的沙漠行路没有什么问题。这个季节容易让人累，不过至少没有沙尘暴的危险。走啊走，白天酷热，夜晚冰冷，底比斯越来越近。我还是有点害怕这鸽子谷。不过，有时我会在黄昏时分离开营地，在一旁发会儿呆，或者和彭特、巴克玩。几个月前，我是绝对不敢的。我变了，这很正常，我11岁了。

泛洪季4月29日

刚才发生的事让我睡意全无。写日记能让我好受一点。今晚，喂完猴子和小狗，我铺开席子，枕着行李，不一会儿就睡着了。忽然，我感到彭特的小牙齿在轻轻咬我的手，巴克则在咬我的小腿。半梦半醒间，我想把它们推开。白费力气，它们用鼻尖拱着我，还扯着我的缠腰布。它们想让我跟它们走，我照做了。它们是想给我看秃鹫吃剩的美味骨头呢，还是有小偷？不可能有小偷啊，有那么多皇家士兵看守呢。彭特和巴克把我带到了离营地很远的水井旁。有个人躺在那儿，头上受了伤，已经失去了意识。嗖的一声，又飞来一块大石头，打在了他身上。我赶忙转身，居然是一只猴子。五只猴子里最强壮的那只逃出了笼子，袭击了这个可怜人。这畜生瞄得真准。

怎么办？要是我回营地求援，等我们回来，伤者的血肯定流光了，更何况猴子也可能杀死他。不行，我得先制服猴子，哪怕冒着被它袭击的危险。幸运的是，这只大猴子认出了我。自从我们离开彭特，一直都是我给它喂食。它跑过来迎接我，开心地笑着，还拉住我的手要和我玩。我趁此机会，把猴子拉离了伤者，我带着它到了驴子那边，找了根绳子，把它系在一块岩石上。它没有反抗。

然后我跑回了伤者那里，把他转过身来……他还活着……居然是帕谢德！我最大的敌人，我得救我最大的敌人！好吧，亲爱的莎草纸卷，千万别问我为什么，反正我把他驮到了背上。我把他的手臂放在肩上，然后牢牢地抓住他的手腕，就这样把他运回了营地。他的头靠着我的脖子，血顺着我的背直流，脚拖在地上。他可真重！彭特和巴克跑在我前面。它们时不时停下来等我，还摇着尾巴和耳朵给我加油。

好不容易到了营地，我叫醒了守卫。周围那么平静，他们都打起了瞌睡。其中一个去找医生书吏，另一个让我去洗一洗，因为帕谢德的血流了我一身，他说我最好去睡一觉……睡觉？不可能。所以我就写日记了。彭特和巴克这会儿也守在我脚边，真是两只勇敢的小狗。简直是两个英雄，它们绝对有资格成为法老忠实的伙伴！

泛洪季4月30日，清晨

我躺在席子上，翻来覆去地数着天上的星星，怎么也睡不着。今天天亮的时候，我去问了伤者的情况。

医生书吏说："啊，你来了。小不点，你可真是个好人！多亏了你，帕谢德及时得到治疗，才捡回了一条命。到底是怎么一回事？"

我把一切都告诉了他。快讲完的时候，伊内尼来了。在他的要求下，我又讲了一遍。

"米内迈斯，你怎么救了想置你于死地的人？"

我回答说开始我并不知道是他，后来我没多想，就把他运回了营地。

"你心真好，我的孩子。你真棒！现在去准备你的行李吧，我们要走了。"

播种季1月2日

漫长的旅途还在继续。唯一和以前不同的是，帕谢德躺上了担架。他们说他好多了，不过我还是不想靠近他——我还在怕他。今早，伊内尼给两只小狗拿来了两根美味的大骨头，这是它们应得的奖励。它们大吃了一顿。我却没得吃，其实，要是给我个小惊喜也不错，比如说一块蜂蜜蛋糕。

播种季1月6日

亲爱的莎草纸卷，我终于知道舵手的秘密了！这是发生在今天早上的事。当时，我的肩上扛着木棍和行李，正在赶路。小狗没有叫，所以当我听到帕谢德在我耳边说话时，吓了一跳。他说得结结巴巴的：

"米内迈斯，谢谢。我欠你一条命……还有……一个解释……我之所以讨厌像你这样的男孩……是因为……"

他话说得很艰难。

"有一个小傻子，和你一样大……可恶！你太像他了……我把你当成他了。"

他哭了。

"一年前，泛洪季的时候，一个小傻子弄沉了一条船。"

我什么也没听懂，不过他带着迷离的眼神继续说了下去，连他的声音也变得很奇怪。

"那个傻子弄沉了一条莎草船……我的家人都坐在船里，想横渡尼罗河……我父亲、我妻子和我的孩子，全都淹死了……我以为你就是杀害他们的凶手……我想杀了你，因为皇家法院居然判他无罪……伊内尼向我保证，事故那天你在学校上学，不过我没相信他……现在，我相信了……谢谢你救了我。"

这就是帕谢德的秘密，他仇恨的根源。现在我再也没有敌人了，这还多亏了勇敢机灵的彭特和巴克。

播种季1月12日

在沙漠里赶路的日子一天接一天，都差不多。我的油膏瓶空了，和医生的油膏瓶一样。这种时候也顾不上受伤的脚了，我们就快到目的地了。

"你还好吗，小不点？"奥里这么问我的时候，并没有放慢脚步，"你知道我们为什么这么高兴吗？"

我睁大了眼，为这个问题感到惊讶，真是一个傻问题，我回答说因为我们就快到底比斯了。就这么简单。

"当然不是！"

他大笑起来。我被惹恼了，补充说我们就能和家人团聚，还能好好休息一下。

"好吧。然后呢？"他还在追问。

我想不出别的理由了。

"听着，小伙子。做过危险的长途探险的人要是能平安回来，君主总是对他们很慷慨，非常慷慨……
我们在想着丰厚的奖赏呢。懂了吗？"

真是一个好消息！不过我还是有点难过。我想起
舅舅了，他听到我要去彭特时，那么开心，是因为他
想到了家族的荣耀和丰厚的奖赏吗？

播种季1月21日

我们在科普托斯已经待了几天了，连写一行字的
时间都没有。抱歉，亲爱的莎草纸卷。所有的人都忙
昏了头，我也不例外。有成百上千的工人、工匠、脚
夫。还有数不清的士兵看守，因为有不少小偷正觊觎
着我们的宝贝。我们最后一次把船组装起来，把货物
搬上去。所有的东西又得再称一遍、再封一次口，只
有豹子、长颈鹿和犀牛除外。

播种季1月24日

内厄西派了一名信使去底比斯，告知我们到达的

日子。啊，我的朋友，我就能见到你们了。舅舅会为我回来高兴吗？图伊呢？我见到他们一定很高兴。我已经想象着舅舅如何用手掌摸着脑袋，还有他如何逼着我背第一百遍课文，而我们的女仆在一边做我最喜欢吃的菜。真开心！

过了一小会儿

　　亲爱的莎草纸卷，我得把你放回盒子了。伊内尼坐在我身边和我说话呢。他说我年纪这么小，却这么勇敢（我怎么觉得自己又胆小又爱哭），他还说我人很好，想事情很细心（我真不知道我的心还能用"细"来形容），最后，他说："我们从底比斯出发时，我还不明白为什么法老会让你做他的朋友。现在我明白了。"

　　他善意地拍了拍我的脑袋。我很感动，想回他一句话，结果一句话也没找到。我只能傻傻地笑了笑。

　　"米内迈斯，你什么时候想来找我玩都可以，我家很好找的，斯芬克斯大道，从神庙数起第五幢房子……有蜂蜜蛋糕等你吃哦。"

播种季2月2日

在尼罗河上航行多么惬意！河面泛起微微的涟漪，岸边绿树成荫，绝对没有风暴的危险。我们驶过的地方，农民停下了手里的农活，欣赏着船队的丰姿，大声冲我们喊着欢迎的话。他们远远地看见长颈鹿，既惊讶，又好笑。

播种季2月3日

"看见底比斯了！"

整条船上的人都发出了快乐的叫喊。巨大的喊声震动了天上的鸟，惊动了河里的鱼。彭特和巴克也汪汪叫着。我已经能看到高高的卡纳克神庙了。我想这一天不知想了多少回……感谢众神！

我们光荣凯旋，这话一点也不过分。在舵手的命令下，水手动作熟练地将船靠了岸。我特别想冲上舷梯，然后……不行，我得冷静。

内厄西命令道："不要急。我们必须按严格的秩序下船。"

我远远地望着坐在太阳船里的阿蒙神像，还有神像周围的祭司、女王和国王，真恨不得立刻跳上岸。是的，我的法老，我的朋友图特摩斯也在码头上。更远处是喧闹的人群，推搡着，想看得更清楚些。不过，士兵维持着秩序，让他们不要挤得太近。

内厄西第一个下船，慢步走向遮阳华盖下的哈特谢普苏特。尊贵的女王坐在银宝座上，头上戴着王冠，手中拿着权杖，对着他微笑。她的身边站着图特摩斯和宰相桑穆特。紧跟在内厄西后面下船的诸位就没他这么冷静了，我和小狗也是其中的一分子。就算有命令，我们还是乱成一团，不管是书吏、彭特人、脚夫，还是野生动物。人群爆发出掌声、欢呼声和笑声，尽情地表达着欢乐和赞美。

我们得把所有的宝物都放在女王的脚下：整篮整

篮的香草、没药和乳香，沉甸甸的金条和琥珀金，乌木，象牙，木弓和木矛，珍贵的树木，绳子牵住的猴子、豹子、长角牛、长颈鹿、犀牛，当然还有和我寸步不离的彭特、巴克……内厄西特别强调，无法将宝物全部搬下船，因此只拿出了一小部分。虽然少，依然价值连城！

当法老走向这成堆的宝物时，热烈的气氛达到了最高点。祭司仪式开始了。哈特谢普苏特和图特摩斯面向尊贵的神像，向阿蒙神献祭。颂歌和祈祷仪式都结束时，女王走到一篮没药前。埃及的烈日已经让它们融化，她把手浸在里面，感到欣喜若狂，连礼节都抛在了脑后，居然用手心捧出一些，涂在了身上！没药把她的皮肤染成了金色，让她散发出迷人的香气，更让她显得美丽而高贵，她就是女神。没药让我们的女王成了女神！

这一切都太感人了。我的心跳得太快，泪水不知不觉就流了出来。这是欢乐的泪水。人群看得入了迷，一丝声音都没有。图特摩斯也哭了吗？我离他太远，看不清楚。彭特人、祭司和贵族纷纷下跪，举起双臂，表达对阿蒙神的赞美，更为女王而欢呼。

"赞美你啊，哦，女王陛下，你和太阳一样光芒万丈！"

颂歌、祈祷、献祭，仪式持续了很长时间。园丁们则忙着把没药树和乳香树种到神庙的大庭院去。

多么美妙的一天！我不仅回到了底比斯，还证明了我的勇气，以前我可是什么都怕啊……亲爱的莎草纸卷，不管日子是好是坏，你都陪我一起度过，写作给了我很大的安慰。我们就要说再见了。图特摩斯在等着你，他也等着正在我身边睡觉的小狗。

半夜

睡觉前，我得告诉你一个不可思议的消息，我的朋友。今晚，舅舅非常热情地欢迎我回来，好像我就是他亲儿子似的！我真不敢相信。他完全没提"奖赏"一事。那他有没有想过？我觉得没有。他最爱的还是我，我！从今天起，这里不再是"我舅舅家"，而是"我的家"。图伊把我抱得太紧，我都喘不过气来了。我的感动不是言语能表达的，既说不出，也写不出。时间太短，感动太多……也太累。我的视线模糊了，眼睛也不由自主地闭上了。我太困了，我现在只能做一件事：把你放到破旧的盒子里，铺开我的席子，钻到被单里（其实是三件事，不止一件事！）。用不着贝斯神，我也能睡个好觉……做个好梦。

播种季2月4日

我醒来时，天空已经泛红，太阳把底比斯的房屋和王宫染成了玫瑰色和金色。整个城市还在睡梦之中。我起床后做的第一件事就是把我藏起来的莎草纸卷找出来。它还在，太好了！我把盖住它的薄薄一层灰尘擦去，这时，有人敲门。我吓了一跳。我去开门的时候，彭特和巴克发疯似的叫着。宫里的一个仆人给我来送信：

"尊贵的图特摩斯陛下约你在老地方比赛跑步。"

他鞠了一躬，走了。我居然以为自己有可能失去法老的友谊，我可真傻！还好我起得早。我把小狗扔在家，自己出了门，它们都快急疯了。我跑得要多快有多快，所以还是我先到。过了几分钟，国王也来了，扎布走在他前面，跑过来快活地舔着我的腿。

他抓住我的手，说道："米内迈斯，又见到你真高兴。我就知道，你一定能克服危险和恐惧，我就知道你一定能从彭特平安归来……只有勇敢的人才配得上法老的友情……现在，看看你跑得快一点没有。"

他已经笑着冲了出去。他抢了个先，我也大步向前，有一会儿还跑到了前面，可他还是追上了我。这个结果并不让我惊讶，他毕竟是我的国王呀。

图特摩斯喘着气说："你进步了，不过我还是比你快……今天是节日，不上学……你先回去吧，中午的时候，带着莎草纸卷和我的新狗来王宫花园找我。"

遵命！还是和从前一样，我又能和法老一起度过整个下午啦。

我走了以后，彭特和巴克一直在家里哭，它们觉得被抛弃了。我不得不好好安抚了它们一番，然后告诉它们，我就要带它们去见国王了，他将成为它们的新主人。真想不到，要和它们分开，我心里特别难受。亲爱的莎草纸卷，我们也要说再见了，这次可怕的旅行一路都有你相伴，你真是个忠实的朋友。我要最后一次把你卷起来，放进盒子。法老等着你呢。别了。

旧的莎草纸卷，你一直在底比斯乖乖等我回来，现在，我就趁着早晨天凉快，给你讲讲我昨天下午的美妙经历吧。我去找图特摩斯时，扎布也在。两只小狗比漂亮的贝壳更讨法老的欢心。我的朋友已经迫不及待地要看我的旅行日记了，三只狗则带点敌意地彼此打量着。然后它们凑到一起，你闻我我闻你，一直闻到尾巴底下。最后，它们蹦跶了几下，一起趴在了我们脚边。

法老把莎草纸卷放回盒子，赞叹道："你写得真不少，米内迈斯。好样的！至于这两只可爱的狗，也是好样的！你选得很好，我喜欢它们。现在，还要给这两只来自遥远的彭特之地的小家伙取名字。"

他刚说完"彭特"，彭特就站了起来，我只好告诉我的朋友，为了训练两只小狗，我已经给它们取好了名字，这都是为了让他高兴……只是为了让他高兴……我是不是干了件傻事？真不知道他会作何反应。还好，还好，我唤着彭特和巴克时，法老笑了。

"取得好。"说完，他做了个手势，示意我们跟他来。

他大步走着，急匆匆地来到他在花园里的秘密基地。这里很阴凉，除了园丁，谁也不会来。图特摩斯坐在老葡萄藤下，表情严肃。他取出盒子里的莎草纸卷，徐徐展开，开始阅读。我站在一旁等待他的评论，心里有些许不安。陛下会喜欢我的日记吗？时间一分一秒过去。我越来越不安了。陛下用指尖点着字，一直在读。

最后，他终于喃喃地说："很有意思。"

他抬起了头。

"你怎么了，米内迈斯，你怎么脸色惨白？"

我都不知该怎么回答了，我的大脑一片空白，口干舌燥的。

"真是个大傻瓜，你难道怕我吗？只有犯错的人才会惹国王生气。你又没有。你今天不会挨打的……也许明天会……我开玩笑的，朋友，别像根木桩似的站着了，坐吧。"

图特摩斯大笑一番，重又开始读日记。时间慢慢过去，阳光透过树叶洒下，光斑在地上晃动着。三只狗打起了瞌睡，苍蝇嗡嗡地飞着，没有蚊子，它们大概在睡觉。我渴了。那芙鲁雷公主找来的时候，我把一个漂亮的珍珠贝壳送给了她。我还惦记着她，这让她很感动。然后图特摩斯简要地给她讲了几段我的探险故事。

最后，他说："米内迈斯，你真幸运，这次旅行真有趣！我很爱看你的日记。我以后每天都读一点。不过，朋友们，现在我们来玩一次捉迷藏怎么样？"

这一下午就以笑声和游戏结束了。王宫的花园里，一切都没变，除了我，我的内心和以前不一样了。10个月以来，我如同吸饱了阳光的果子，成熟了。我遭遇了危险，又克服了它们。我在死亡边缘徘徊，又躲过了它。我的笑声变了，我的内心更坚强了……我不再是个小男孩了。

播种季2月6日

亲爱的旧莎草纸卷，图特摩斯一整晚都在读我的日记，他认为我写得"太棒了"。为了感谢我，除了最大的奖赏外，他还送了我一个金子做的护身符，他一直带在身上的。这是一个漂亮的安卡十字架，象征着生命，能一直保护我！真荣幸。至于最大的奖赏，唉，他怎么也不肯提前告诉我是什么。然后他把我拉去了花园，带着我们的狗一起散步。哦，不，是他的狗。他走得又快又急，还说个不停。他为没能亲自去彭特而恼火，他向我保证，以后要成为一个伟大的征服者。他要去很远的地方，非常远的地方，还要带上我……陛下还从没说过这么多话呢。"啊！米内迈斯，你很喜欢彭特和巴克吧……我知道，一看就知道……我保证，它们一生下狗崽，我就送给你一只。高兴不？"

哦，当然，何止高兴！图特摩斯又一次证明了他对我的友情。一想到有朝一日，我能有一只和彭特、巴克从一个模子刻出来的小狗，我就忍不住想笑。

国王用庄重的口吻补充了一句："你要是想得到这个礼物，有一个条件。"

是什么条件呢？我不知道，但我忍不住要往坏里想。难道他要派我参加另一次更危险的长途探险吗？

我的法老命令道："永远不离开我！我们一生一世是朋友。"

我郑重地发了誓。我一定会遵守诺言。

彭特之地

历史

古埃及以尼罗河、尼罗河河谷、沙漠、古神庙和金字塔而著称，它有 5000 多年的历史、300 任法老和 31 个王朝！即使在埃及人最辉煌的年代，也曾有重重危机：饥荒、起义、内战、外敌入侵……所以，经历了两个世纪的动荡，哈特谢普苏特的曾外祖父阿赫莫斯终于赶走了来自亚洲的侵略者，重新统一了埃及，建立了他的王朝，即第十八王朝。

第十八王朝是古埃及历史上版图最大、国力最鼎盛的一个王朝。它所处的时间大致是公元前 16 世纪至公元前 13 世纪（约公元前 1575 年—约公元前 1308 年），从阿赫莫斯继位开始，共经历了近 300 年和 14 位法老。

在阿赫莫斯、阿蒙霍特普一世、图特摩斯一世、图特摩斯二世之后，哈特谢普苏特和她的侄子图特摩斯三世成为王位继承人。

哈特谢普苏特是图特摩斯二世的妻子。她不仅有皇家血统，更是阿赫莫斯唯一的直系继承人，法老图特摩斯尚且年幼，她便成了摄政王。7年后，她受封法老，自称女王。可她实际上并没有篡夺王位，因为图特摩斯依旧是名正言顺的国王，主持王国各大重要的宗教仪式，纪年法也仍然以他的统治命名。女王则毫不松懈地管理着国家，维持着稳定。为了表示对众神的尊敬，她命宰相桑穆特设计建造神庙，座座美轮美奂，无与伦比。哈特谢普苏特始终大权在握，直到她原因不明地猝死于图特摩斯统治第22年。

在哈特谢普苏特的要求下，图特摩斯三世受到了出色的教育，再加上他天资聪颖，最终成为第十八王朝的英雄人物。图特摩斯三世在位达53年之久（公元前1479年—公元前1426年），其间，埃及版图一直向东扩张到亚洲的幼发拉底河，向南扩张到红海的南口。人们通常认为，是他使埃及完成了从一个地域性王国向洲际大帝国的质变，因此，他被认为是古埃及最伟大的法老之一，甚至被称为"古代世界之拿破仑"。他是神庙的建造者，是勇猛的战士，也是令人畏惧的征服者。一场战役刚刚告捷，他又去了亚洲，与敌军的120头大象殊死搏斗。他还对异域的动植物特别感兴趣，为此特别建造了一所"好奇之屋"，里面养满了奇草异兽。

为什么在哈特谢普苏特死后20年，图特摩斯要下令把他姑姑的名字从所有纪念性建筑上抹去，并摧毁她的雕像呢？其中的原因是不为人所知？还是说他姑姑长久以来大权独揽，让他成了傀儡国王，他要加以报复？如果真是这样，那这场报复似乎太不及时了。

无论如何，彭特之地对这两位君主都有着磁石一般的吸引力。哈特谢普苏特早在公元前1472年至公元前1471年就曾派人前往彭特之地。她在代尔巴哈利修建的陵庙中便有浮雕描述此事。这些浮雕配有文字，详细叙述了这次长途旅行中的一些精彩片段。旅行的时间我们能肯定，是图特摩斯统治的第九年，可彭特之地的位置我们却无法确认。它是靠近非洲东海岸（即今天的厄立特里亚）呢，还是位于阿拉伯半岛的南部？这始终是个谜。为什么古埃及人要对彭特之地的确切位置守口如瓶？也许是为了独享前往这片土地的路径吧。

又过了几年，图特摩斯三世再次派人前往彭特。

至于这部小说的主人公米内迈斯，他可不是为了讲述彭特探险之旅而编出来的人物，在历史上确有其人。他虽然出身平民，却是和国王图特摩斯从小一起长大的朋友，还曾与国王一同南征北战。后来，他身兼政治、行政和宗教多个要职，其中也包括"上下埃及神庙建造总督"一职。他负责搬运方尖碑，还管理着女王神庙建筑工地的一组工人……米内迈斯是那个时代的要人，他的墓就在代尔巴哈利的哈特谢普苏特女王陵庙中。

大事年表

以下所有事件均发生在耶稣诞生以前，这些年份都应该读成"公元前……"。

3200 年：象形文字诞生。

2950 年—2780 年：第一王朝，传说开国法老是美尼斯。

2561 年—2450 年：第四王朝，也是金字塔的黄金年代，这段时期的著名法老有胡夫、哈夫拉和孟卡拉。

1539 年—1514 年：第十八王朝开启，新一任法老阿赫莫斯击退侵略埃及的希克索斯人。

1514 年—1493 年：阿赫莫斯的儿子阿蒙霍特普一世任法老。

1493 年：哈特谢普苏特公主出生，她的父亲是图特摩斯一世，母亲是阿莫斯公主。

1493 年—1481 年：图特摩斯一世任法老（他不是皇族，但他娶了阿莫斯公主为妻，成了阿蒙霍特普一世的女婿，因此获得了做法老的资格）。

1481 年—1479 年：图特摩斯二世任法老。他是图特摩斯一世和侧妃所生的孩子，娶了他同父异母的姐姐哈特谢普苏特公主为妻。

1481 年：未来的图特摩斯三世出生。他是图特摩斯二世和次妃伊西斯所生的孩子。

1479 年：那芙鲁雷公主出生。她是图特摩斯二世和哈特谢普苏特王后所生的孩子。

1479 年—1426 年：图特摩斯三世任法老（也就是说他的统治从公元前 1479 年开始算起），哈特谢普苏特任摄政王。

1475 年：太后阿莫斯去世。

1473 年：哈特谢普苏特受封法老。

1471 年：哈特谢普苏特派出的探险队伍从彭特之地返回。

1469 年：史书里最后一次记录那芙鲁雷公主，很可能她不久以后就死去了（大约在公元前 1466 年）。

1468 年：埃及军队军事远征至努比亚，由哈特谢普苏特率军。

1458 年：哈特谢普苏特去世。

1444 年：未来的阿蒙霍特普二世出生。

1438 年：图特摩斯三世开始抹去哈特谢普苏特的名字，摧毁她的雕像。

1426 年：图特摩斯三世去世，其子阿蒙霍特普二世任法老。

1335 年—1326 年：图坦卡蒙任法老，他英年早逝，因其富丽的陪葬品而知名。

1279 年—1213 年：第十九王朝，其间最著名的法老是拉美西斯二世。

332 年：亚历山大大帝征服埃及。

30 年：法老克里奥帕特拉七世去世，埃及成为罗马帝国的行省。

词语解释

护身符：拥有魔力，能够避邪或带来好运的小饰品。

贝都因人：沙漠里的游牧民族。

历法：古埃及人根据月相变化制定了精准的历法：一年 12 个月，每月 30 天，共 360 天，再加上 5 天，一年共 365 天。一年又分 3 个季度，每四个月为一季：阿赫特，即泛洪季（7 月至 10 月）；派利特，即播种季（11 月至翌年 2 月）；苏穆，即夏季（3 月至 6 月）。

科普托斯：城市名，如今名叫库夫特，位于尼罗河谷最靠近红海的地方，瓦迪·哈马马特谷从这里将尼罗河和红海连接起来。

肘距：长度单位，1 肘 = 52 厘米。

代尔巴哈利：哈特谢普苏特女王的陵庙所在地，位于尼罗河西岸，底比斯城对面。

埃及：位于非洲东北部，被沙漠包围，全境唯一的河流是尼罗河，国土就是尼罗河形成的绿色长廊。

琥珀金：天然的金银合金。

乳香：植物分泌的乳脂，焚烧时会散发浓烈的香气。

祭司体文字：象形文字的简化体，其书写速度大大加快。常用于行政、教学以及日常记事。

象形文字：古埃及人发明使用的文字，共有700多个符号。有些是表音符号（用一个符号来标明词语的发音），有些是表意符号（用一个符号形象地画出所要表现的事物），还有一些是限定符号，用来把词语分类，使词语的意思更明确。

颂歌：宗教仪式中朗诵或背诵的祭词。

翠海：古埃及人对大海的称呼，既用来称北边的地中海，也用来称东边的红海。

没药：一种珍贵的树脂，用来制作香料。

神龛：位于神庙的最中间，建成一个小房子的样子，有两扇门，里面供放神像。

尼罗河：长6700千米，发源于非洲腹地，是埃及境内唯一的河流。由于埃及雨水极为稀少，一切用水全靠尼罗河。尼罗河每年一度会泛出河床，充溢整个河谷。每次尼罗河泛滥都要持续几个月。

祭品：古埃及人供给亡灵或者众神的食物、饮料、乳香和鲜花，一般放在死者的墓中或神庙里。

油膏：涂在皮肤上的药膏。

瓦迪·哈马马特：阿拉伯语的意思是"鸽子谷"。这条早已干涸的河谷穿越沙漠山地，连接着尼罗河与东边的红海。

缠腰布：围在腰上的布，长至膝盖或者脚踝。

埃及莎草：一种健壮的植物，长在沼泽地带，可以做成柔软的白纸。将莎草纸一张张首尾相粘，可做成长长的纸卷。

法老：古埃及的国王，拥有"超人"的能力。他掌管了人世的幸福，保证世界得以良好运行。他一生中要主持无数的宗教祭祀和仪式，因为他是神派来人间的代表。法老死后会回归神的世界。彭特探险时这个词还不存在，在古王国时代，它仅指王宫，并不涉及国王本身，从图特摩斯三世起，逐渐演变成对国王的尊称。

　　书吏：意思是"抄写的人"。书吏是有学问的人，能读会写，还会算术，专为法老服务。

　　底比斯：埃及南部的城市，今天名叫卢克索。

相关作品

值得一读的书

《死亡终局》，阿加莎·克里斯蒂著

《木乃伊之书》，泰奥菲尔·戈蒂耶著

《大金字塔的秘密》(漫画)，埃德加·雅各布著

《纳芙蒂蒂——埃及的王后》，维维亚娜·柯尼希著

《在法老手下罢工》，维维亚娜·柯尼希著

《埃及人的词典》，维维亚娜·柯尼希著

《尼罗河的王子》(漫画)，雅克·马丁著

《木乃伊之谜》，收录了大量史料图片的儿童百科全书

值得一看的电影

《十诫》，塞西尔·戴米尔导演，查尔登·海斯顿、于尔·布里纳主演。

《埃及艳后》，约瑟夫·曼凯维奇导演，伊丽莎白·泰勒、理查德·伯顿主演。